樂 府

·

心里滿了，就从口中溢出

献给

真正的孩子。
以及，所有记得自己当过小孩的人。

至于那些"擅长"教育的人，我拒绝他们看书里的故事。
因为他们压根儿读不懂，只会胡乱评论。

又又和双双

陈小齐 著

北京联合出版公司
Beijing United Publishing Co.,Ltd.

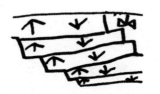

目录

Contents

我好喜欢又又和双双
好喜欢这样的普普通通

李峥嵘

半年前第一次读到《又又和双双》（原本叫《又又语录》），作为一个编辑亲子栏目的"老司机"，我的第一反应是"做个专栏"！断断续续编辑了几个月的专栏（注：《北京晚报》副刊"又又语录"专栏），很多语录不止一次阅读。开始会被童言童语逗笑，接着，心中慢慢涌起温暖，也会有惊奇和感动；有时候笑着笑着，会流下泪水。

我这样说似乎有些文艺中年的矫情，其实是想说明，《又又和双双》在众多亲子文章中具有自己独特的魅力和感染力。

我做了很多年的读书版面和亲子成长版面编辑，自己也写亲子文章，看记录孩子成长的文章实在是太多了，而看了太多同类型的东西——大概是久入芝兰之室吧——嗅觉就会有一种麻木感。《又又和双双》在某种程度上重新唤起了我遗忘了的、最初的那种面对孩童的惊奇之心。

1

很难讲《又又和双双》是一个什么样的东西，但是我可以说它不是什么样的东西。

首先不是那种借助孩子来炫耀自己的文字。社交网络中有几种人是会被屏蔽的：第一种每天晒自己一日三餐；第二种每天刷屏卖面膜口红各种东西；第三种发变脸似的自拍，滤镜把打了玻尿酸的鼻梁都磨没了；第四种就是晒孩子吃喝拉撒——初为父母，很多人都会有文图展示的冲动，隔着屏幕都能感到父母在呐喊："快点赞啊！我儿子好聪明啊！我闺女好可爱啊！我好厉害啊！"

《又又和双双》的起源也是记录孩子的日常。陈小齐是一个生二胎的妈妈、一名童书出版人，她不是把孩子当成一种玩具、一种会说话的宠物在展示，也不是炫耀自己教子有方，而是以一个儿童成长的观察者、参与者、记录者的身份，呈现日常生活的一部分，呈现生命的成长和变化。我看到的《又又和双双》堪称一个懂儿童发展心理学的作家记录的人类学笔记。

其次，《又又和双双》不是在装疯卖傻。我也写儿童观察，有时候很难把握童言无忌和撒狗血、人来疯之间的分寸。陈小齐很有分寸感，她让人看到她是一个成人，同时是一个没有忘记自己曾经是一个小孩子的成人。

这不是一本"人间指南"的教养书。《又又和双双》从老二降生的过程开始写，却不是一本所谓的二胎养育书。两岁的老大又又是主角，他当哥哥了，可是他自己还是一个小宝宝呢。这个小哥哥在成长中多了一个比他更小的小生命，他除了跟比他年长的父母互动，跟同龄的幼儿园小朋友互动，还要和比他更小的小弟弟互动。在这本书里，当哥哥的没有被强制，没有快速成长为一个小大人，而是依然被尊重和保持孩童之心。

2

　　我也想说说阅读中感受到的《又又和双双》的特点。

　　陈小齐写《又又和双双》，不是当作完整的作品来结构布局的，所以有一种原生态的鲜活。这些片段连在一起，充满了跳跃的活力，充满童真的画面感。比如这一段关于吃东西的话：

　　又又说："要喝涂料！"
　　其实是想喝他的婴儿饮料。
　　他说："要吃蜡烛！"
　　其实是要吃腐竹。

　　他有时候会忘了一个词怎么说。

　　关于"吃"的事情，小齐记录了很多。三岁半的又又常常栽赃给他五个多月的弟弟。

　　又又总是在举报"坏"的弟弟——

"妈妈，弟弟想把玩具都吃了！可是玩具不能吃，玩具有毒！

"弟弟，你不能吃玩具！你不能揪妈妈的头发！你不可以摸妈妈的电脑！

"弟弟想把澡盆吃了！弟弟想把我的衣服都吃掉！弟弟抓我袖子了！弟弟他对着人打喷嚏了！弟弟他大喊大叫了……这样不礼貌！"

又又还经常借弟弟之口说出自己的心声——

"弟弟说，哥哥你吃果泥吧！

"弟弟说，可以吃饼干！

"弟弟说，他不想听话！

"弟弟说，我就想尿湿裤子！

"弟弟说，你想干什么就干什么吧！"

在跨度长达一年的时间里，又又还多次提到弟弟什么都吃。我把这些话连起来看，简直是太有意思了。是不是可以看到孩子的心理发展和微妙的心理冲突？

童言童语是大人最喜欢记录的。孩子学语言的时候，会忘掉很多词怎么用怎么说，这是属于孩子的独特的语言发展阶段，他掌握的成人词汇不够多，很努力要去表达自己，让别人理解自己的想法。

又又放学路上，偶然对面来了一个胖小孩骑着自行车。他看到了觉得很有趣，停下来大声说："妈妈，那个小孩好大呀！他比他妈妈还大！"（他不会说"胖"！）

过了好几天，又又忽然跑过来重新描述这件事："妈妈，昨天放学我看见那个小哥哥，他长得好大呀！他太大了，他妈妈都抱不动他了！"

又又没有时态，他把所有过去的事情都说成是"昨天"。

他形容"很久很久以前"，就说"昨天昨天昨天"。

他说："我昨天昨天昨天，又又的小时候，爸爸妈妈带我去动物园了！"

这些记录里面，没有任何嘲笑或炫奇，只是平实记录下来。

我们也可以看到这一家的父母在教养过程中流露出来的教育观念——他们会尽量满足孩子童真的愿望，有一种游戏的心态。

又又要求把袜子脱下来穿在耳朵上。

爸爸满足了他的愿望。

又又假装自己是托马斯小火车。

早晨睡被窝里，爸爸说："脚呢？脚伸出来穿袜子。"

又又一动不动。

妈妈说："轮子呢？轮子伸出来。"

又又的脚就从被子底下伸出来了！

同时非常尊重孩子，比如说在孩子学习知识的过程中没有任何干预，让孩子在生活中自然而然习得"数"的观念。同时，会记录下孩子数数的困难，理解这种困难从何而来。小齐是一个天生的童书作家，她会在给孩子讲青蛙弗洛格的故事的时候提出一个哲学问题：

晚上给又又讲完《弗洛格堆雪人》的故事，妈妈给又又提了一个哲学问题："雪人是人吗？"

又又想都没想："雪人不是人！"

妈妈："可是，雪人也有脑袋，也有眼睛、嘴巴和鼻子，为什么他不是人呢？"

"因为，雪人是雪做的，他不是人！"

"那又又是人吗？"

"是啊！"

"为什么呢？"

"又又是人做的，所以我是人啊！"

"那青蛙弗洛格是人吗？"

"不是。"

"为什么呢？"

"它是青蛙的骨头做的！"

《又又和双双》还记下了大量重复性的词语，如同儿歌一样，比如下面这一段话，孩子表示自己不高兴——

又又说："妈妈，我啥都不想干了！我也不想说话！我也不想动！我也不想喝水！我也不想喝稀饭！我也不想吃螃蟹！我也不想吃小熊糖！我也不想喝婴儿饮料！我也不想喝奶！我也不想吃苹果！我也不想吃香蕉！我也不想吃梨！我也不想吃饼干！我也不想玩我的小汽车！我也不想玩游戏！我也不想哭！我也不想笑！我也不想回答问题！我也不想唱歌！我也不想看！我也不想听！我也不想走路！我也不想跑步！我也不想蹲下！我也不想站起来！我也不想躺下！我也不想坐着！我也不想去幼儿园！我也不想去干妈家！我也不想跟别的小朋友玩！我也不想看电视！我也不想看鼹鼠！我也不想听舒克和贝塔的故事！我也不想画画！我也不想看地板书！我也不想玩捉迷藏！我也不想做饭！我也不想收拾玩具！我也不想出门！我也不想去加油站！我也不想……不想……不想……"（他实在是想不出了。）

妈妈听完这么一长串，说："又又，那你还是去睡觉吧！"

又又说："不！我也不想睡觉……总之，我啥都不想干了！"

妈妈觉得很奇怪："为什么呢？"

又又站在沙发上，禁不住为自己的这一长串有点得意："因为啊……因为……又！又！生！气！了！"

我想象着，如果重新排版，配上插图，该是多么有意思的图画书啊，书名就叫《又又生气了！》。给孩子当睡前故事念，孩子一定会非常开心。

3

从这本书里，我也能够看到，陈小齐作为独立个体的自我意识，并不因身为母亲，甚至成为两个孩子的母亲而淹没掉独立的个人情感。她在家工作，爱美，读书，做书，偶尔发发感慨：每个人都应该有权利去度过无法预测的一生——这才是生命的意义。

又又的小身体里有一个小灵魂。
双双小小的身体里也有一个小小的灵魂。
他们多么像我们啊！

他们是他们自己！

这句话让我感动流泪，那么小的孩子，很容易被成人的意志吞没，即使在最汹涌的母爱里，小齐也没有忘记孩子是独立的个体。

又又上小学了，在这间小小教室里，小齐写道：

我们的张又又只是三十一个小朋友里面普普通通的一个，爸爸妈妈却好喜欢他，也好喜欢他的普普通通。

读《又又和双双》，我就是这种感受：又又和双双是那么普通的孩子，作者没有炫耀孩子的任何技能和天赋，就是那么平淡、温暖地记录下这两个普通孩子的可爱。

让孩子像孩子一样长大，像一个普通孩子一样长大。

我好喜欢《又又和双双》，好喜欢这样的普普通通。

小能手

管小米

　　这事对我来说特别难，因为我从来没有写过任何要被印在纸上的东西。更何况是要给陈小齐的书写序。要怎么才能不讨人嫌地把她夸赞一番，又要按压住自己心里羡慕嫉妒的小火苗，这事儿很难平衡。陈小齐要求又特别高，要我写出人类学的高度才行，所以给我打回来好几次。然而我毕竟是学民间文学的，无论如何也拔不出来那根人类学的苗，只能搜罗一筐故事反复讲，但求数量上可以交差。

　　又又叫我"干妈"。但其实我跟他一点儿也不熟，甚至都没有我娃跟他那么熟，有时候在一起蛮尴尬的。我带着娃遛弯儿，碰到他也不知道聊啥，就怂恿我娃上去打招呼。我娃比我还混，低头琢磨半天就冒出一句"又又，你看，那边有一个垃圾桶"，说着就上去踢一脚那只无辜的垃圾桶。又又跟我一样，站在旁边目瞪口呆，气氛更加尴尬了。

这也不能怪又又，因为我但凡跟他相遇，都把时间和八卦全部给了他妈妈，从十四年前便是如此。那时小齐当然不是什么育儿小能手，自己睡觉还要人陪。

打从读书的时候，小齐就过来跟我挤一张单人床。正值酷暑，我们的小宿舍只有一扇窗，还朝西，收下了全北京最暴烈的太阳。陈小齐就在那样的日子里，非要跟我挤着睡。临睡前还要趴着让我们给她敷面膜，不贴脸上贴背上。她趴在我枕头上闷着声指挥：往上点再往上点，贴翅膀上——天晓得她翅膀长在哪。

毕业工作了，我租房在百万庄，她还要挤过来睡。一睡就睡成三角形，把锐角对着我。我一个每天早上八点钟要到单位摁指纹打卡的人，晚上陪吃饭陪打牌陪聊到深夜，还要忍受一个三角形睡我旁边——单人床！

很多年以后，小齐带着又又到我家睡觉。

那时候我也有一个娃，我们四个人挤在我家大通铺上准备睡。两只男娃在一块儿，又是刚会扭打的时候，抓紧一切机会上房揭瓦。我们好言相劝了，恶语威胁了，基本要动粗了，他们还是无法镇定下来。我只能开始喂奶。我娃比又又小半岁，一不小心就被喂迷糊了。又又长半年，可不吃这一套，依旧神采奕奕，并且妄图翻过他妈和我两层肉障过来，继续扭打。小齐也只能放出最后的大招。她开始唱歌，又又还自动点播。唱了半小时，又又还在点歌。我很发愁，我担心我娃一骨碌翻身醒了，再无缝衔接扭打模式。

陈小齐冲我挤眼色，说别急，我有一首歌他一听准会睡着。我心想，快别废话了，为啥早不唱？

然后她开始唱了，半首没完，又又就睡着了。

我大喊神奇。

也永远不会忘记，那首歌叫《小白船》。

孩子真是个神奇的东西，他们用什么方法收服了一个长翅膀的三角形女人？

那时她当然也不是家务小能手，终日外食，偶尔在家下厨招待我，爆炒一个圆白菜，烟熏火燎的，差点儿把厨房给掀了。她最爱吃螃蟹，可能是因为做起来简单。一只螃蟹八条腿，可以让她抠抠搜搜打发仨小时，我在旁边等到昏昏欲睡，只想打人。

很多年后她做了个网课，教大人孩子做家务。我也被拉到一个群里奉命学习，听她讲怎么擦窗怎么扫地怎么让娃自动洗衣服，群人顶礼膜拜、五体投地叫她"小齐老师"。比她的"学生"们幸运的是，我在此几年前就曾到她家里接受过私教课和现场实习指导。

我回北京时住她家里，被迫参观她整整齐齐的调料墙，和堆满特百惠盒子的大冰箱。那时她就给我展示了葱花和蒜末怎么速冻保存和使用，虽然这完全不对一个山东人的胃口。

她跟挂在某个地方的"小爱同学"喊话，让它给我放洗澡水。我在温度适宜的浴缸里泡着的时候，总有某种幻觉，以为外面会有侍女端衣服侍。

那晚张又又连自己的小床都保不住，贡献给了我和陈小齐聊长夜私房话。睡前她冲着家里各个方位的遥控神仙们喊话："你，把窗帘拉上！你，把灯灭了！"只是灯神偏偏那晚闹脾气，死活不听她的，她只好伸手去摁床头的开关。我想那个小灯大概是跟又又待久了，有了些情谊，见到小主人莫名被哄走，干脆就硬着头皮使一回性子。

早餐陈小齐蒸了一锅小龙虾，端到窗凳上跟我一起吃。那是北京的初冬，窗外煞白凛冽，胡同里的风横冲直撞如野牛。我们在开足了暖气的房间里光着膀子吃小龙虾。她口味一如既往地挑剔而刁钻，吃得又慢，每一只都可以吃到地老天荒。面前这一盆小龙虾，可能是她想留我住两年的心意。

厨艺着实进步了很多，是从无到有的大跨越，是从嫦娥到田螺姑娘的转换。

我大喊神奇。

一个湖南人，热衷于搞什么清蒸。

想来定是张双双的功劳，作为张又又买一赠一的小弟弟，这小子不知用什么办法改变了一个湖南女人的胃。

陈小齐驾龄有十几年了，我是她的第一批荣誉乘客。

之前她骑着个小红马溜溜车，跟儿童玩具车似的一匹"短腿马"，一溜烟从北太平庄到百万庄找我玩；车丢了以后就学开车，学成后租了辆破奥拓。她第一时间带我兜风，跟在一辆很臭的大粪车后面突突了一个多小时。她开着饺子同学的奇瑞 QQ 带我们去村里玩，在城乡仓储停车场呼朋唤友，要去风光如画的爨底下。全员集结完毕后，她一脚油门，轰鸣着蹭上了骑自行车路过的大妈。那次我们玩得好开心啊，回来的路上撒欢儿似的跑，连油箱盖掉了都不知道。

很多年后她换了辆特斯拉，说这车特别牛，你站在楼上就可以指挥它加热屁股。多想去坐坐她可以加热屁股的特斯拉啊，肯定跟那辆破奥拓不一样。让她一脚油门开过去，冲破各种年龄的大姐大妈组成的时光方阵，去往春日里的爨底下，哪怕跟在大粪车后面，我们也可以关好车窗，甚至可以超车赶上，我们再也不用担心油箱盖的问题了。

前儿跟我咋呼：今晚可真惊险！我在马路上打了横！

昨儿秀到朋友圈：把特斯拉开到了墙上。

今天求我：你再加点料，写写我是开车小能手什么的。

真是神奇。虽然加了俩安全座椅在后座，仍然没有改变一个妙龄女司机的自信。

看来孩子也不是无所不能。生再多孩子也不能无所不能。

只有我跟她联手才能无所不能。这个世界上，只有我和小齐打对家双升，才可以从"2"一路打到"A"，从北太平庄碾压到百万庄。她总是打红了眼，在凌晨散场的单人床边大叫："不要走！决战到天亮！"

为了保证将来也可以凑一起打双升，我俩各自生了俩孩子，四个娃前后脚，大小差不过三年。我亲历了她孕吐晕厥、产检备货直至送产房的全过程，目睹了她喂奶时的笨手笨脚和哭天抢地，被强塞了一屏又一屏的购物清单和开箱体验，也听到了太多因为近在咫尺而无从逃避的耳提面命。

但是我什么都没听进去。我的耳朵大概是个筛子，自动把这些唠唠叨叨过滤掉了。也幸好有这样愚钝的耳朵，因为我经历了完全不同的孕产过程，当然也生了一个完全不同的小孩。他们如此大相径庭，简直让人怀疑有一个人一定是生了个假小孩。这人肯定不是我，那说不定就是陈小齐。

我们各自养娃，自说自话，在养娃的圈里没有任何交集。那四只娃之于我俩，倒更像四个油瓶，各自叮咣作响，但是只要给按倒了，就不妨碍我们隔空隔海的叽叽喳喳。我经常在开车送娃的路上，或者超市买菜的空当接到她的电话。

她那边压低声音，捂着话筒说："喂喂，我把张维弄睡了，跟你说个事……"

我通常信号不大好，在空空荡荡的货架中间站着大声喊："你大点声！我听不见！"

然后她就会窸窸窣窣一阵子，声音大了点："好了我到阳台上了……我跟你说啊……冻死我了……"

我们说八卦说男人说山火说川普，但是从来不说孩子。除了孩子，世界上实在还有太多太多有趣的事情了。唯一不那么有趣的是，我跟他们分开了，隔着国际日期变更线，分成了两个半球。她又有了很多狐朋狗友，可以一起穿着高跟鞋去吃下午茶。但是很抱歉，她最爱的只能是我。

有一天收拾衣柜，从犄角旮旯里找出俩小塑料袋，是临别时她送我的两条内裤。

"上面是镶钻的，施华洛世奇。"她这么跟我说来着。

我掏出来一看，肥瘦大概只能裹住我一条大腿。

在她心里，我原来竟是这样美啊，还保持着挤单人床时的身量，不曾隔着太平洋，隔着四个孩子，隔着十几年时光。

她也一样。纵然挂了各种小能手的名号，在各种场合顶上"老师"的头衔讲课，一本正经地回答问题，但在我这儿，她仍旧是那么不靠谱的、絮絮叨叨的陈小齐，顶着总是剪秃刘海儿的赫本头，密密匝匝过日子，不放过每一只小龙虾。

孩子算什么。孩子可以让人堵奶发烧，让人晨昏颠倒，让人早生华发，让人时常咆哮，但他们丝毫不能动摇女人们的感情——和美丽。

但是没孩子不行。孩子最牛的地方，就是让当妈的更刚，当娘的更娘；他们可以开一扇窗，让你从厂里望向海洋；他们犹如石火电光，能开山救母能开仓放粮；最神奇的当是，你还可以跟他们一起重新活一场。

我曾经无数次不分场合地讲起我的童年，骄傲和显摆溢出天灵盖。陈小齐每每听着就黯了下去，一句话总结陈词："我在厂里长大的，像个机器人。"除了机器人，她还坚持自己是塑料做的。她心里那个小孩，像个冻土层中的种子，一直在等合适的时候长大。多好呀，她自己生了俩娃，有了这样的土壤，雨露纷纷而下，那个种子可以毫无顾忌地破土而出，舒展枝芽。

这些曾经都被打上"又又语录"标签的文字，在我眼里都是一个陈小齐在叽叽呱呱，在咿咿呀呀，在大声吵嚷着：爱你呀爱你呀！

爱整个世界的她，那么认真地爱着每一只小龙虾；一如双双那么坚定地爱孙悟空，又又那么持久地爱地铁，她那么全盘接纳那么深厚地爱着她的娃。

对于看不了她朋友圈的各位读者，我只想说：恭喜你们躲过了长达八年的日更，可以攒齐了一晚追完。

一晚看不完怎么办？
"不要走，决战到天亮！"

写在前面的话：我是爸爸

张维军

当陈小齐问我，她记录我们两个孩子成长的文字能不能出版时，我犹豫了许久，最终也没回答。

当陈小齐告诉我，她记录我们两个孩子成长的文字就要出版了，我忐忑了许久，最终也没发表任何意见。

当陈小齐说，编辑希望我从爸爸的角度写一篇前言，我拖延了许久，不知道该写些什么。

直到陈小齐说："你要是不想写，我就跟编辑说算了。"我才突然意识到，我是多么想写这篇前言。如果有一本书摆在我的面前，书名里有又又和双双，作者是陈小齐，却没有我什么事，我会产生被遗弃的恐慌——因为，我是爸爸！

我也是个编辑，常常要为自己做的书写一些文字。那是工作，是为了让更多人了解一本书，所以很明确自己要写些什么。这本书是小齐在孩子成长过程中随手记下的生活点滴与感触，大多是在事情发生的当下就发在朋友圈，几乎每一条我都会在第一时间读到。那时的我，"身在此山中"，生活在每一条记录的具体情境中，所有的阅读都可以"会心一笑"。如今，这些记录汇集在一起，要刊印成书，我却有一点担心，对于脱离了具体情境和时间的读者来说，"旧闻新编"有什么意思呢？每念及此，我就更加无法下笔。

但是，不管这些了。如果《又又和双双》是一幅家庭拼图，作为爸爸，我的这几块也必须拼上。

每次有人问起，我和小齐是如何相识的，我就会说："我们是大学同学，同桌。""你们上大学还有同桌？"通常这是下一个问题。有的，只要我想有，只要我始终坐在她的旁边，那不就是同桌嘛。

从"同桌的你"到"生活在同一个屋檐下"，小齐一直在强调："我怕疼，我绝对不要生小孩。"她自己就是个小孩。所以，"当爸爸"这件事，几乎从恋爱的一开始，我就没考虑过，嗯……也不是完全没有考虑过。我们陆续养了两只鸭子和两只猫，在小齐口中，我就是那两只鸭子和两只猫的爸爸。我不喜欢给它们当爸爸，可是小齐却因此滋生了母爱，当妈妈当上了瘾。没有来自父母的催逼，也没有来自社会的压力，生个小孩竟然就成了她自然而然的想法。那个娇滴滴的陈小齐，生了一个甚至还不够，又生了一个。我完全不记得，我们是否认真讨论过为什么要生孩子。

有了双双以后，不少人好奇"又又"和"双双"这两个名字的来历，也常常搞不清谁是老大谁是老二。大部分家长对待给孩子取名这事都是特别慎重的，我们却有点随意。又又本来应该叫"双双"，因为又又的星座是双子，而且在孕期我们天天念叨"双胞胎"（尽管明知不是）。之所以最终把"双"字拆开，完全是为了他将来写名字可以少写两划，省点劲儿，考试的时候节省点时间。我们非常期待第二个孩子是女儿，生出来发现又是个"又又"，于是"又"上加"又"，就成了"双"。可以想见，又双叒叕……如果有"三孩""四孩"，"三孩""四孩"的名字也已取好。

又又和双双出生时，我们住在一个叫"叠翠苑"的地方。搬离那里后，某天我回到故地，盯着墙上的楼宇标牌，每个字看起来都有些陌生。突然，我发现"叠"字拆开竟然是"宜又双"！

已经当了十年爸爸，我依然不能确定"当爸爸"到底意味着什么。有一次，我发了这样一条朋友圈："总有一种错觉，别的小朋友的爸爸才是大人。"孩子让我们成为父母，却并不影响我们继续做小孩。我们可以一起做小孩。当爸爸似乎就是重新过一遍童年。只不过，这一次，我们可以一边做小孩，一边记录下来。

某个冬天的早晨，三岁的又又在出门去幼儿园时不太配合，爸爸有点不高兴。路上，又又指着一棵树，昂着头对沉默不语的爸爸说："等到春天了，我就爬到树上，摘一朵花，给你闻一闻。就爬这棵树，因为这棵树很矮。"爸爸看着这个眼神中充满期待的小男孩，所有的不高兴都在瞬间化为诗意的存在。

四岁的又又在玩游戏，切了一盘玩具水果，端到我面前让我吃。我假装啊呜啊呜地吃，他看着特别开心。我突然把一片玩具水果塞到嘴巴里，作势真的要咬，又又大惊失色，急忙阻止我："这是假的！不能吃！"这件事对我触动非常大，也提醒我：我们可能经常误解孩子的世界。在此之前，我理所当然地认为孩子会把游戏当真。事实并非如此，孩子往往把游戏和现实分得很清。

这两件令我印象深刻的事都发生在又又身上。写到这里，我停下来想，发生在双双身上令我印象最深的事是什么呢？孩子们有很多共性，但是相似的事情大概只在第一次发生时才能给我留下深刻的印象。在又又身上发生过的事情，在双双身上再次发生时，我不再惊讶。这似乎就是对前面那个疑问——"当爸爸"到底意味着什么——的解释：爸爸成长了，以前的那个假小孩长成了真小孩。

有一次，电视里的主持人在慷慨激昂地背台词："每一个人都有做英雄的梦想！"又又听了，感动得泪光闪闪，旁边的双双却淡然地自言自语："我没有。"在陪伴两个孩子成长的过程中，我逐渐明白：每个孩子都是不一样的，这种不一样是天生的。即使有着同样的爸爸妈妈，同样的性别，生活在同一个屋檐下，又又和双双都是独立的存在，拥有各自不同的世界和人生。

又又上幼儿园的最后一天，在路上被蜜蜂蜇了，回到家，看见报纸，对我说："要是我上报纸了怎么办呢？"四年后的今天，我跟他提起这件事，他依然记得很清楚，还解释说："我小时候不知道，上报纸是要有记者来采访的。"我又问："妈妈要把'又又语录'出版成书了，你有什么意见吗？"又又露出很无奈的表情："原来妈妈就是记者呀！我不同意也没用啊，那是妈妈写的，著作权是她的，她说了算。"

好吧，她说了算。
我是爸爸。

● 又又两岁

❀ 双双未出生

人世间最美好的感情，

并不需要用激烈的情感、曲折离奇的剧情和大起大

落的时代背景来呈现。

有了孩子，就会发现真正的生活离剧本越远越好。

生活并不需要那些复杂高级的情感世界，

孩子也不需要你事事精通样样正确。

你笑，他们就会笑。

你玩，他们就会过来跟你一起玩。

就连笨手笨脚的人，也立即变得生动有趣起来……

不是吗？

◎ 两岁小男孩又又

他用粘满稀饭的手抢我手机。

他输入密码打开视频看得咯咯乐。

他在我微信群里不知所云地聊天。

他漫无目的地拨通电话。

电话打通了他却大声说"Bye bye"。

他猛烈敲击我键盘。

他跟 Siri 对话没人能听懂。

他是一个无所事事的两岁小男孩。

◑ 国王的椅子

花园里的一把椅子被又又命名为"国王的椅子"。
他自己爬上去坐好了。

他把旁边的一把椅子叫作"国王妈妈的椅子"，要求
妈妈坐上去。

那天下午，国王和国王妈妈一起在花园里晒太阳。

● 说话

他会说颈鹿、烈鸟、拉机、不起。

又又说:"要喝涂料!"
其实是想喝他的婴儿饮料。
他说:"要吃蜡烛!"
其实是要吃腐竹。

他有时候会忘了一个词怎么说。

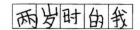

● 袜子

又又要求把袜子脱下来穿在耳朵上。

爸爸满足了他的愿望。

（妈妈画的又又）

◎ 干爸干妈

乖淘和又又一起玩耍回家。

乖淘一进门扑上来大喊"干爸干妈"。

又又也跟着扑上来喊"干爸干妈"……

干妈家的下午

干妈家的下午是这样的．

跟小龟玩。

跟猫咪玩。

午睡。

听干妈讲故事。

玩汽车。

玩橡皮泥。

玩收音机。

吃小熊糖。

吃香蕉。

吃梨。

吃长条饼干。

吃方块饼干。

吃蛋糕。

(变脸的太阳)

◑ 第一次淋雨

忽然下起一阵太阳雨。

爸爸妈妈都说下雨了，过了一会儿又又才意识到雨掉在他头上。

他双手抱头捂耳朵，小心翼翼地往前走。

妈妈说：快跑！

可是捂着耳朵的张又又跑不快，走路都比平常慢。

快到家了，他忽然忘了捂耳朵，一溜烟儿跑进单元门，回头跟雨说"Bye bye"！

⊕ 对妹妹的期待

这一年的最后一天，赶去医院建了档。

虽然时间还早得很，又又已经跟我们一样对妹妹满怀期待了。

他有很多很多东西要送给妹妹，其中有他最心爱的翻斗车。

他也希望妹妹能带来一些零食当礼物——

那些零食妹妹太小了吃不了，但是又又全！部！都！能！吃！

又又三岁

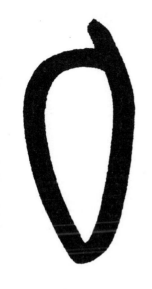

🍀 双双零岁

爸爸得到了一个新的"小又又"，

妈妈得到了一个小小男朋友，

又又得到了一个神奇的弟弟。

大家都仿佛坐上时光穿梭机，

"嗖"地一下子回到"又又的小时候"。

❸ 肥肉是妹妹

吃晚饭的时候，又又说：

"妈妈肚子里面有个鸡蛋，鸡蛋里面有块肥肉，肥肉是妹妹。"

胖胖的小手

☺ 开会不给说话

今天，又又坐一个半小时车去出版社开会，爸爸叮嘱他不要说话。

回家的路上，又又告诉妈妈："今天我开会了，开会不给说话，有一个人说话。"

● 我喜欢过年

又又说："我喜欢过年。"

因为——

他可以在这一天里想怎么吃零食就怎么吃零食；

想怎么看视频就怎么看视频；

想几点钟睡就几点钟睡；

有大红包，还有阳台上的彩灯和窗外的烟花。

爸爸告诉他已经不是两岁了，得说三岁。

一切都跟平时不一样。

这就是过年的味道。

❀ 有妹妹了！

早晨，又又从小床上爬过来，钻进我们的被窝里。

妈妈在他耳朵边说："妈妈告诉你一个消息，昨天晚上干妈生了一个妹妹。"

又又欢呼："有妹妹了！"

妈妈说："小龟的妹妹。"

又又欢呼："小龟有妹妹了！"

过了一会儿："又又也有妹妹！妹妹在妈妈肚子里！"

又过了一会儿："我要给小龟打电话！"

❶ 文化的故事

两岁半的又又指着《文学术语词典》说:"文化的故事。"

爸爸指出他错了,可是他拒不认错。

小文盲真可怕。

◉ 梦话（一）

"猫咪把我的巧克力叼走了！"

"（被子）掉了。"

"妈妈你在哪儿？"

"妈妈你要干啥？"

"爸爸……妈妈……"

"开灯！"

"我害怕。"

"老猫没有找到我的巧克力……还有蓝色的呢！"

"妈妈……妈妈妈妈……"

"我吃了好多呀！"

"咯咯……咯咯咯咯……"

"鼹鼠掉到油漆桶了！"

"猫咪把我的小熊糖全都拿走了！"

❶ 梦话（二）

"昨天我们去汽车博物馆了……爸爸给我买了公共汽车……一辆红色的公共汽车……一辆黑色的公共汽车……"

（点评：不是昨天啊！）

"妈妈要把我的玩具扔掉……"

（点评：妈妈说"冤枉啊"！）

"爷爷奶奶把我的奶都喝掉了……"

（点评：爷爷奶奶齐呼"冤枉啊"！）

"石头都变成巧克力了……"

（点评：好神奇。）

"丹丹老师不见了……丹丹老师在窗帘后面……有一
个飞机停在学校了……飞机把丹丹老师拉走了……"
（点评：他最喜欢的老师这几天请假了。）

◑ 梦话（三）

"猫咪做的蛋糕……"

"蛋糕是猫咪做给大家吃的……"

"鼹鼠的秋千上啥都没有！……"

"大飞机跑了！"

"小鼹鼠开坦克了！"

每句都是循环模式。

拉粑粑

又又拉粑粑，坐在小马桶上说："臭！把奶奶臭倒了！"

奶奶顺势说："对，奶奶被臭睡倒了！奶奶被臭摔跤了！奶奶被臭碎了！"

又又拉粑粑真臭啊！

我看见了马桶！

◐ 妈妈不要这样

又又异常害怕妈妈做面膜。

他会捂住眼睛或躲起来——

"妈妈不要这样，行吗？……又又害怕……"

然后不停地说："一，二，三！变！"试图把妈妈变
回去。

❶牛妈妈（一）

有一天，又又问："妈妈，你为什么是我的妈妈？"

"你想一想啊，小时候你吃谁的奶？"

"我吃……妈妈的奶！"

"嗯嗯……你吃谁的奶，谁就是你的妈妈。"

妈妈正要给他灌输一番"有奶就是娘"的道理，没想到又又紧接着说：

"……还有牛的奶！"

"呃……对的！所以除了我这个妈妈，你还有一个牛妈妈！"

"啊……那我的牛妈妈她在哪儿？我想去找她。"

"牛妈妈住在国外，阿尔卑斯山，你肯定没听说过，那是一个很远很远的地方。"

又又的眼睛开始眨巴眨巴："我想我的牛妈妈了。她一定也在想我。"

于是，他念了一封信，请妈妈写了，寄给牛妈妈：

"亲爱的牛妈妈，我是又又，我想你了，我真的好想你……"

念着念着，忽然他的眼泪快掉下来了，就好像真的有一个牛妈妈坐在他的对面。

⓫ 牛妈妈（二）

牛妈妈在国外也想念又又啊！

没过几天，又又就收到了牛妈妈从"外国"寄来的许多奶酪、牛奶片和羊奶片！

又又高兴地说："我的牛妈妈真好！"

"对啊，她一定是让你的牛弟弟、牛妹妹省着吃，省下来这些奶做的奶酪、牛奶片……还有这个……这个……呃……羊奶片！"妈妈解释不了这个"羊奶片"是怎么来的。

"她一定是拿她的牛奶片跟隔壁的羊妈妈换来的羊奶片！"又又飞快地给出了一个聪明又合理的解释。

好险啊，差点儿穿帮！

● 牛妈妈（三）

又又小时候最讨厌割草机的声音。

三岁的又又已经知道牛妈妈最爱吃草，他会惦记着要把割下来的草装进大麻袋寄给他的牛妈妈。

奶奶煮了牛尾骨煲西红柿汤，又又一听是牛尾巴做的，眼泪哗哗就来了，立即质问是不是用牛妈妈的尾巴做的汤！

我们赶紧告诉他："这是肉牛的尾巴，不是奶牛的尾巴。肉牛的肉就是用来做菜的，奶牛只产奶，不做菜。"

可是又又仍然不放心，要求妈妈赶快给牛妈妈写信，让他的牛妈妈记得把尾巴藏起来，并且把他的"牛弟弟""牛妹妹"的尾巴也统统藏起来。

他从不担心自己能不能听懂牛妈妈说话，却非常担心牛妈妈能不能听懂他说话。

"我要是找到了我的牛妈妈，我就对她说'哞……哞哞哞……'，这样她就能听懂了！"

⑪ 妹妹什么时候到家呀

又又说:"妹妹不会说话。"

又又说:"妹妹还在路上。"

又又问:"妹妹快到了吗?"

在他的想象里,妹妹一直在路上走啊走,扛着一个
大口袋,口袋里装满了送给又又的礼物,里面是零
食、玩具和其他的好东西。

又又决定教妹妹打喷嚏、咳嗽、四脚朝天,还有各
种各样的怪动作。他答应把自己的小奶瓶、小床、
小被子、小推车统统送给妹妹。他愿意把自己的食
物分一半给妹妹。

他问:"妈妈也是妹妹的妈妈吗?"

他问:"妹妹什么时候到家呀?"

⓫ 有妹妹的感觉真好

爸爸给又又买了一套《鼹鼠的故事》，我们告诉他这是妹妹送给他的礼物。

又又很高兴，妹妹已经送给他一个滑板车、一袋尿布、一盒奶酪，还有很多别的东西……

有妹妹的感觉真好！

☎ 打妈妈

又又打妈妈。

妈妈告诉他:"不要打妈妈,你打妈妈,妈妈会疼。"

可他还是过来打妈妈一下。

奶奶说:"你再打妈妈,妈妈就打你了!"

又又听了跑到门后面躲起来。

妈妈蹲下身去搂住他:"妈妈不会打又又,妈妈抱抱又又。又又也不打妈妈,打妈妈会疼。"

又又看着我说:"妈妈抱抱!抱抱妈妈!"

今天,又又跑过来告诉爸爸:"我要打妈妈!"

爸爸跟又又说:"不要打妈妈,妈妈会疼。"

又又说:"我想抱抱妈妈。"

我们开始了爱的拥抱，像大象妈妈抱抱大象又又，像猴子妈妈抱抱猴子又又，像河马妈妈抱抱河马又又。

（妈妈画）

● 没有答案

紫丁香含苞待放。

玉兰、桃、李、杏纷纷进入尾声。

一个小朋友问，花儿怎么掉地上了？

这个问题没有答案。

问：_____？
_____

答：_____

ⓔ 全世界最好的爸爸

要进地库的一瞬间，又又忽然发现地上一只小小的蜗牛，于是蹲下身去好奇地看蜗牛。爸爸也蹲下来和又又一起看蜗牛，并且耐心回答所有关于蜗牛的问题。

直到有了孩子之后，我才知道全世界最好的爸爸就在我们家。
有一天又又也会明白。

● 那个小孩好大呀

又又放学路上，偶然对面来了一个胖小孩骑着自行车。
他看到了觉得很有趣，停下来大声说："妈妈，那个小
孩好大呀！他比他妈妈还大！"（他不会说"胖"！）

过了好几天，又又忽然跑过来重新描述这件事："妈
妈，昨天放学我看见那个小哥哥，他长得好大呀！
他太大了，他妈妈都抱不动他了！"

又又没有时态，他把所有过去的事情都说成是
"昨天"。
他形容"很久很久以前"，就说"昨天昨天昨天"。
他说："我昨天昨天昨天，又又的小时候，爸爸妈妈
带我去动物园了！"
并且还是不会说"胖"！

❶ 很黑的地方

去干妈家的路上。

又又忽然说："小龟的妹妹已经生出来了，我的妹妹还没来！我的妹妹还在一个很黑的地方！"

爸爸很惊讶："一个很黑的地方？"

妈妈也很惊讶："你小时候也在很黑的地方吗？"

又又说："对呀！我小时候也在那里！"

⑪ 把毛支棱着

最近又又脾气有点不对付，指东往西，让打狗去捉鸡。

奶奶急了，形容得很形象："这家伙这两天把毛支棱着！"

❶ 不惜

"我又感冒了，快给我吃那个药！"又又说。

（点评：某种药太好吃了，不惜装感冒。）

"我被蚊子咬了，我要喷那个蚊子水！"又又说。

（点评：某种驱蚊水太好闻了，不惜装作被蚊子咬。）

"我不喜欢蚊子！我要批评蚊子！"又又说。

（点评：蚊子，来，给你们发耳塞！）

∞ 妈妈，你怀孕了？

妹妹就要从妈妈的肚子里生出来了。

又又每天亲亲妈妈肚子，他等妹妹出来给她换尿布。

可是有一天，又又忽然跑来问——

"妈妈，你怀孕了？"

（妈妈肚子里有个宝宝在睡觉）

❶ 我去接你回家

妈妈跟又又视频："妈妈在医院里，医生给妈妈扎针了。妈妈不勇敢，妈妈哭鼻子了。妈妈还没有又又勇敢，又又打针都不哭鼻子。"

又又立即说："妈妈，我去接你回家！"

🔘 我妈妈生了一个弟弟！

妈妈从医院回家了，没有带回来妹妹，带回来一个弟弟和一个王奶奶。

小宝宝一哭，又又就跑进来大声说："弟弟，你不要哭了——哭和抱怨是没有用的！"

又又对王奶奶也非常感兴趣，言必称王奶奶。粥是王奶奶做的好，饭是王奶奶做的香，午睡睡醒来也不忘了问："王奶奶还在我们家吗？她在哪儿？"

据说，妈妈在医院的几天里，又又在小区里逢人就告诉："我有一个弟弟！我妈妈生了一个弟弟！"在又又的世界里，"妹妹一二三变成弟弟"这件事好像没有疑惑，我们告诉他什么他都深信不疑。

⚫ 他啥都不会

老师问又又：“你喜欢弟弟吗？”

又又自豪地回答：“喜欢！”

然后补充道：“可是他只会哭！”

又又第一天放学回家，进门就问：“弟弟呢？”

他跑到妈妈房间，看着弟弟，兴奋地问：

“弟弟，我想要棒棒糖！你给我很多棒棒糖，

好吗？”

妈妈说：“又又，快过来看，跟你小时候好像啊！”

又又过来看了看弟弟，看不出啥新奇有趣的地方，

失望地说：“他啥都不会！”

妈妈说：“是啊，弟弟啥都不会，只会吃奶，他太

小了！”

又又说："他还会哭鼻子！哭和抱怨是没有用的！"
过了一会儿，他补充道："他还会拉粑粑！还会放臭屁！"

不过光抱怨是行不通的

✿ 我也去划船了

周一的班会上，小朋友挨个儿说自己周末在做什么。

前面的一个小朋友说："周末爸爸妈妈带我去公园了，我们划船了！"

轮到又又了。

又又说："周末爸爸妈妈带我去公园了，我们划船了！"

老师问他："又又，你也去划船了呀？"

又又说："是呀！我也去划船了！"

老师再问他："妈妈也去了吗？"

又又十分肯定地说："妈妈也去了！"

老师跟我说的时候，我好笑又心酸——我们已经好几个月没带又又出去玩了！

（"是呀！我也去划船了！"）

难怪前段时间又又不断地自言自语："我哪里都不想去……我不喜欢出去玩！"

又又知道妈妈怀孕了要生小宝宝，不能带他出去玩，他要靠这些语言上的安慰来排遣自己的落寞！

● 我好开心呀

这一个月来，幼儿园的老师格外细心地观察又又的情绪变化。

刘老师说："又又这段时间非常开心，一天到晚唱歌唱不停，并且不断地喊'我好开心呀！我好开心呀！'"

Ana 老师也证实了又又的兴高采烈，并向我提出了一个问题："又又是否也会表现出一点点……嫉妒？"

是啊，这也是妈妈一直藏在心里的问题——
这就是答案。

吹喇叭

放学的路上，有机动车鸣笛。

又又听见非常不解："那个车它为什么要吹喇叭呀？"

小汽车发出声音，他叫"吹喇叭"。

又又听见弟弟哭闹，也非常形象地告诉妈妈："妈妈，弟弟他又吹喇叭了！"

⓫ 弟弟，你别哭了

双双举着大喇叭说："饿——饿——饿——饿——"
双双挥舞着胳膊说："啊——啊——啊——啊——"
双双使劲蹬着腿说："哇——哇——哇——哇——"

他半夜三更大哭大闹，嗓门巨大。
他要吃奶。他要抱。他要抱着走来走去。他要抱着
拍啊拍啊，同时走来走去。
他一刻都不肯老实睡觉。

他发出像各种动物的声音，一会儿像小猫，一会儿
像小狗，一会儿像小牛，一会儿像公鸡。奶奶形容
他换尿布时候的哭声是"像杀牛一样喊"。

最后，连一向好脾气的又又也受不了了。

又又捂着耳朵说："弟弟，你别哭了！你好吵啊！"

我家像一个动物园

☙ 哺乳动物的幼崽

据说，
所有的哺乳动物幼崽，
在迁徙中都一言不发，
以免被天敌发现 ——
不是这样的！

我抱着我的小婴儿，
走来走去一整夜。
他大声啼哭，
招来了所有的敌人。

所有的敌人，
在后面穷追不舍，
我们娘俩一刻也不停息。

天亮了，

所有的敌人都累坏了——

可！他！还！是！不！睡！

妈妈就累的不行了，可我却活力十足。

● 批评弟弟

小宝宝吃奶不认真，妈妈让又又批评他。

又又说："弟弟，你要好好吃奶，不然就把你的衣服脱掉！"

小宝宝吃奶又不认真了，妈妈又让又又来批评。

又又说："妈妈，我不想批评弟弟了。"

⊕ 弟弟他说话了

二毛球"啊啊啊啊"地哭。

又又大喊:"弟弟他说话了!"

二毛球"噗噗"地放屁,"咕噜咕噜"地拉粑粑。

又又也说:"弟弟他说话了!"

爸爸妈妈问:"弟弟都说了些什么呢?"

又又立即卖弄他的翻译本领:"弟弟说叽里咕噜,哇
啦哇啦,布拉布拉……"

● 舒克贝塔（一）

又又向全家宣布："弟弟是舒克，又又是贝塔！弟弟开直升机，又又开坦克！"

奶奶说："小宝宝哭了，该换尿布了！"

又又给奶奶纠正："要叫舒克！奶奶，弟弟是舒克！"

奶奶能记住舒克，却总是记不住贝塔。奶奶说："舒克先洗澡，贝那什么你准备脱衣服！"

无论是谁说起双双，又又都会认真地纠正："他不是双双！他叫舒克！舒克！舒克！舒克！"

又又有时候会忘了自己叫贝塔，但是他从来不忘记弟弟叫舒克。

晚上妈妈和爸爸躺在床上感慨，少年时都曾痴迷于《舒克贝塔历险记》，却不想今日当了舒克贝塔的爸爸妈妈。

我和弟弟

● 舒克贝塔（二）

上周去干妈的幼儿园做手工，每个小朋友都先自我介绍一下，轮到乂乂了，婷婷老师问："你叫什么名字啊？"

乂乂说："我……我是老鼠！"

老师接着启发他："你的大名叫什么呀？"

乂乂自豪地说："我叫贝塔！"

乂乂热衷于当老鼠有一段时间了！

他说："我和弟弟，都是老鼠！我们是两只老鼠！"

他还央求妈妈："你给弟弟买个直升机吧！给我买一个坦克！"

妈妈说，不行。

乂乂继续央求："那，你给弟弟买一顶飞行员的帽子，给我买一顶开坦克的帽子，总可以吧？"

狡猾的爸爸找出又又的自行车头盔，告诉他这就是飞行员的帽子，戴着就能开直升机了！

狡猾的妈妈找出去年冬天又又戴过的狗熊帽，告诉他这就是坦克手的帽子，开坦克戴的！

又又太高兴了！他迫不及待地戴着这个狗熊头套在家走来走去，热得鼻子上都出汗了。他还戴着去干妈家，去幼儿园，去任何地方！他要让别的小朋友都看看他开坦克！

奶奶说这个帽子太热了，让他摘掉。

不，他不肯摘！

他走路戴着，看书戴着，坐滑梯戴着，吃饭也要戴着，睡觉也要戴着，做梦也要戴着他的狗熊头套。

又又被骗了！他以为这样就是坦克手了……直到……那天妈妈带他去拍照。摄像的阿姨拿出一套真正的坦克兵的衣服和帽子……

又又疑惑地说："妈妈，这个开坦克的帽子是硬的！它怎么这么硬呀？我的帽子怎么是软的呀？"

妈妈说："这个问题嘛……啊……啊……哈哈……呵呵呵呵……"

☞ 舒克贝塔（三）

又又不断跟妈妈提："妈妈，等我和弟弟长大了，你给弟弟买个直升机吧！给我买一个坦克！"

爸爸妈妈终于给又又买了一个小坦克。

又又问："爸爸，这个坦克是真的坦克吗？"

爸爸说："这个是又又的玩具坦克，对小老鼠来说是真坦克。"

又又说："你是骗我的吧？这个坦克老鼠它进不去！谁都进不去！只有电池能进去！"

⚫ 又又的志愿

如果可以填志愿，又又的第一理想是开推土机（或云梯消防车和直升机），第二理想是送快递。

● 小朋友们都想又又了

又又咳嗽很厉害，接连三天请假没去上学。

老师打电话来说，班上的小朋友们都想又又了！老师也想又又了！

又又班上的小贝奇掰着手指头数："又又周一没来，周二没来，周三也没来！"

于是周四、周五又又去上学，他得到了小贝奇的很多很多个拥抱。

● 从一数到十

"又又，你能从一数到十吗？"

"能啊！一，十。"

"不对不对！二到九你都没数！"

"二，九。"

"……"

❶ 那个车枯萎了

幼儿园旁边停车场的树荫下，有一辆废弃了的、锈迹斑斑的面包车。

"那个车它枯萎了，"又又形容道，"那个长长的车它破破烂烂地停在那里！"

又又再次给妈妈描述"幼儿园外面有个车它破破烂烂地停在那"。

这一次他补充了新内容："那车它身上都长渣子了！"

又又不知道这是生锈。

● 又又摔碎了

"妈妈我摔跤了！"

"我摔碎了！"

"修都修不好了！"

"没有又又了！"

"妈妈你再去买一个又又吧！"

● 肚子渴了

"妈妈，我的肚子它渴了！"

"我的肚子它好饿好饿啊！"

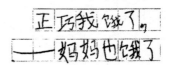

正巧我饿了，
——妈妈也饿了

⚫ 车库和小汽车

又又问爸爸:"这里也是车库吗?"

爸爸说:"对,这是南区的车库。"

又又说:"噢! 我们那边是女区的车库!"

又又问:"小汽车是小汽车妈妈生的吗?"

● 王冠

又又说："杜噜嘟嘟是王子！"

妈妈很惊讶："你怎么知道？"

又又说："他戴了一顶国王的帽子！"

妈妈说："那叫王冠！"

又又说："爸爸生日的时候戴王冠！"

又又说："我小时候还吃了鸡戴的王冠！"

❶ 做梦给我讲

一连讲了四本书，又又还想让妈妈继续讲。

妈妈说："妈妈不讲了，妈妈太累了，妈妈想休息一会儿。"

然后，妈妈爬上又又的小床，躺下闭个眼。

又又不依不饶地说："妈妈，你做梦的时候给我讲！"

● 吃一点面包就不累了

又又要求爸爸给他讲故事。可是爸爸想休息一会儿。

又又说:"爸爸,你休息吧,你可以做梦给我讲故事!"

爸爸说:"爸爸讲不了,爸爸太累了!"

又又说:"爸爸,你吃面包吧!吃一点面包你就不累了!"

● 三岁零三个月

又又描述弟弟还很小很小，说："弟弟小一岁！还有半个月他就一岁了！"

又又看《舒克贝塔历险记》，指着阿拉伯数字"50"说："妈妈，这是第五十零集！"

又又被问到"有没有听见"或"有没有看见"，他会回答"不听见！"和"不看见！"

又又生气的时候说："我生气了！我所有的玩具都不想要了！"

三岁零三个月。

Terrible Two 毫不 terrible 地平稳度过。

Horrible Three 目前为止也没有 horrible 迹象。

他也没有因为弟弟的出现而表现出明显的退行……

好吧，尿裤子尿床若干次，可是他才三岁就自己睡小房间了，还会主动帮弟弟拿尿布！

又又有的时候自言自语："三岁的小孩也还是小宝宝呢！"

他也会跑来问妈妈："三岁还是很小很小，对吗？"

妈妈抱了抱他，肯定地回答："是的，三岁的宝宝有的时候还是小宝宝，有的时候他就长大了！"

⚫ 明天就十八岁了

三岁半的又又想吃"大人的
食物"。

他还想像大人一样说话。

还想做很多大人才能做的
事情。

（大人的食物）

妈妈说："等你长到十八岁了，你就可以开妈妈的
车，不再开玩具车了！"

又又听了，问："妈妈，明天我就十八岁了吗？"

● 又又的味道

又又有一项很重要的工作，就是中午吃饭的时候负责给奶奶的酒杯里倒酒。

今天又又忽然问："奶奶，你不觉得这酒里有又又的味道吗？"

✏ 贪吃的弟弟（一）

又又拦住爷爷，阻止他抱双双出门晒太阳："别让弟弟出门了！弟弟要把太阳吃掉，把月亮吃掉，他还想把星星都给吃掉！"

爸爸听了很吃惊："哦？是吗？"

又又得意地说："对啊！要是弟弟把太阳吃掉了，天上就会刮大风了！"

妈妈很紧张地说："那可太糟糕了！怎么办呢？怎么办呢？"

又又信手拈来一个好办法："妈妈，你给弟弟吃玩具吧！"

● 贪吃的弟弟（二）

（要是弟弟把太阳吃掉了……）

"弟弟想把我的玩具吃掉！"

"弟弟说，我啥都想吃！……他想吃我奶奶的衣服！"

"弟弟还想把爸爸吃掉！"

"爸爸！妈妈！弟弟他说想吃我的奶酪！他太小了！还没长牙呢！不给他吃！！！"

⬤ 贪吃的弟弟（三）

快递叔叔敲门，送来两个纸箱。

又又非常担心地说："弟弟想把快递都吃了！妈妈，你快来批评他呀！"

妈妈说："哦？弟弟连快递都吃吗？"

又又说："是啊！弟弟想把我所有的东西都吃了！你快惩罚他呀！"

"那……怎么惩罚他呢？"

"不给他吃东西！所有的东西都不能吃！"

（点评：弟弟！……多么贪吃的、可怕的、刚满四个月的弟弟！！！）

✪ 弟弟想把我的耳朵吃掉

四个月的弟弟一把抓住了又又的耳朵，三岁半的又又放声大哭："弟弟抓我耳朵了！弟弟想把我的耳朵吃掉！"

爸爸立即批评弟弟："不可以！你不可以抓哥哥的耳朵！"

又又转向妈妈，仍然在哭："弟弟抓我的耳朵了！他想吃我的耳朵！还抓得我好疼呀！妈妈，你也来批评弟弟吧！"

妈妈说："弟弟，你不可以吃又又的耳朵！如果你把又又的耳朵吃掉，又又就没有耳朵了！他去幼儿园会被班上的小朋友笑的！"

又又紧张地摸摸自己的耳朵，继续哭："弟弟想把我的耳朵给吃掉！弟弟想让幼儿园的小朋友都笑我！
爸爸，你快来惩罚他呀！"
爸爸对着弟弟严肃地说："你做了错事，你得跟哥哥
道歉！"

小宝宝对又又发出了"啊啊啊"的声音。
又又听了，不哭了，说："弟弟，对不起，我想亲
亲你。"
然后，又又在弟弟脸颊上亲了一个吻。

❶ 弟弟的笑点

双双满了五个月，就越来越爱笑了。

又又很快就找到了弟弟的笑点！

又又在双双面前跑来跑去，喊着"小葱端起银杆
枪"，每一次这么喊，双双都咯咯咯笑出声来。于是
又又一遍又一遍地跑，一遍又一遍地"小葱端着银
杆枪"，双双笑了一遍又一遍。

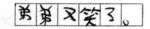

● 弟弟还写了一本书呢？！

妈妈给又又新买了一本《我哥哥》，讲给他听，并且告诉他，这本《我哥哥》是弟弟写的，书里面的那个哥哥就是又又。

于是又又开始嘀咕："我弟弟还写了一本书呢？！"

嘀咕了几天……事情就变成真的了！

他开始拿着书告诉爷爷奶奶："这本书是我弟弟写的！你看，他把我写成一只猴子！"

●● 告状

又又拿着一本《快来，大家一起盖房子》来大卧室里找妈妈："妈妈，你看，弟弟把这本书撕破了！你快去批评他吧！"

妈妈一看，真的撕破了！

"一会儿妈妈忙完手上的事就去批评弟弟。"

"不，我要你现在就去批评弟弟！"

又又最近跟我们各种告弟弟的状：

"弟弟刚刚对着人打喷嚏了！他没有捂嘴巴！他不礼貌！"

"弟弟想玩我的玩具！还想把我的玩具都吃掉！"

"弟弟他说他不想听奶奶的话！"

"弟弟说还是不用洗手了吧！"

"弟弟说……"

（各种各样又又想干不敢干的事情，都被这个弟弟给说出来了。）

又又听见双双哭，还会帮着做出判断："妈妈，弟弟哭了！他是要吃奶了！你快去给弟弟喂奶吧！"要么就是，"弟弟他要换尿布了！"然后殷勤地给弟弟准备好尿布，然后要求你必须用"又又拿的"这个尿布！

⓫ 豌豆是个屁

早晨。

妈妈还在睡梦里，又又就已经起床了。

又又从客厅跑到卧室，再从卧室跑到客厅，兴高采烈地喊着："豌豆是个屁！豌豆是个屁！"

妈妈继续睡觉。

又又一会儿又跑到妈妈的床边，拿着一张卡片大呼小叫："妈妈，豌豆就是屁！豌豆就是屁！"

妈妈睁开眼睛一看，呃……卡片上画着豌豆，是"Pea"！

◐ 跑车的胃

又又的幼儿园门口总是停着一辆跑车，又又放学的路上经过时，就会故意问："那个车它怎么这么矮呀，妈妈？"

妈妈说："它是跑车，就是矮个儿！"

又又担心地说："那它怎么过减速带呢？"

妈妈说："是啊，那它怎么过减速带呢？"

又又忽然说："这个跑车过减速带的时候，它的肚子都要贴到地上了！它的胃肯定会很疼！"

∎ 哲学家三岁半了

晚上给又又讲完《弗洛格堆雪人》的故事，妈妈给又又提了一个哲学问题："雪人是人吗？"

又又想都没想："雪人不是人！"
妈妈："可是，雪人也有脑袋，也有眼睛、嘴巴和鼻子，为什么他不是人呢？"
"因为，雪人是雪做的，他不是人！"

"那又又是人吗？"
"是啊！"
"为什么呢？"
"又又是人做的，所以我是人啊！"

"那青蛙弗洛格是人吗？"

"不是。"

"为什么呢？"

"它是青蛙的骨头做的！"

⊕ 又又生气了！

吃晚饭的时候，奶奶说："又又，来吃饭了！"

又又说："不，我不想洗手。我也不想吃饭！"

爷爷说："你不吃饭，肚子不饿吗？来吧，快来吃饭！"

又又说："可是我不想吃饭！我不想走过去！我也不想回答！"

妈妈说："又又，那你想做什么呢？"

又又说："妈妈，我啥都不想干了！我也不想说话！我也不想动！我也不想喝水！我也不想喝稀饭！我也不想吃螃蟹！我也不想吃小熊糖！我也不想喝婴儿饮料！我也不想喝奶！我也不想吃苹果！我也不想吃香蕉！我也不想吃梨！我也不想吃饼干！我也不想玩我的小汽车！我也不想玩游戏！我也不想哭！我也不想笑！我也不想回答问题！我也不想唱歌！我也不想看！我也不想听！我也不想走路！我也不想跑步！我也不想蹲下！我也不想站起来！我也不想躺下！我也不想坐着！我也不想去幼儿园！我也不想去干妈家！我也不想跟别的小朋友玩！我也不想看电视！我也不想看鼹鼠！我也不想听舒克和贝塔的故事！我也不想画画！我也不想看地板书！我也不想玩捉迷藏！我也不想做饭！我也不想收拾玩具！我也不想出门！我也不想去加油站！我也不想……不想……不想……！"（他实在是想不出了。）

妈妈听完这么一长串，说："又又，那你还是去睡觉吧！"

又又说："不！我也不想睡觉……总之，我啥都不想干了！"

妈妈觉得很奇怪："为什么呢？"

又又站在沙发上，禁不住为自己的这一长串有点得意：

"因为啊……因为……又！又！生！气！了！"

⊙ 宁愿

圣诞夜，玩积木。

又又用积木搭了个房子，还带烟囱呢！

忽然来了个壮小孩，把又又搭的房子推倒了。

又又说："我的房子！我的房子！"

那个壮小孩把积木一块一块地拿走。

又又说："我的积木！我的积木！"

又又妈妈跟那个壮小孩说："这是又又玩的积木，你想玩可以去桶里拿。"

那个壮小孩放手了，去桶里拿积木，但是并不真的玩。

又又拿着被推倒的房子的积木去拼火车。

拼了一个长长的长长的火车。

壮小孩又来搞破坏了。又又想要保护自己的火车。

又又妈妈跟壮小孩说:"这是又又搭的火车。你想玩可以去桶里拿积木自己搭一个。"

又又本来有点儿害怕那个壮小孩,听妈妈这么一说,不害怕了。

让妈妈感到意外的是 —— 他把自己的火车让给那个壮小孩了。

不过,又又宁愿把自己的火车让给他,也不愿意跟他一起玩。

✪ 羊毛裤的故事（一）

又又午睡醒来，妈妈问："你快看看你的羊毛裤还在不在家？"

又又赶紧东张西望，看见裤子挂在小床沿，一下子就放心了："还在呢！"

"你知道你睡着的时候发生了什么事吗？"

"不知道。"

"又又睡着的时候，咚咚咚有人敲门，妈妈打开一看呀……"

"是快递！"

"不，是小羊贝里奥！贝里奥光着两条大羊腿，冻得哆哆嗦嗦的，来找又又要羊毛裤了！"

又又紧张极了："这是我的裤子！"

妈妈继续讲："对啊，妈妈告诉他，这是又又的裤子！可是贝里奥说：'这是我的毛做的！这是我的裤子！'"

又又赶紧说："这是我的毛做的！这是我的裤子！"

妈妈看看又又，摇摇头说："又又，你没有毛，这条裤子的确是用贝里奥的羊毛做的！国王的羊倌用金剪子给他剪的！"

又又傻眼了。

妈妈得意地继续说："可是妈妈告诉贝里奥，这条裤子是又又妈妈买回来送给又又的！又又妈妈付过钱了，这条裤子已经是又又的，不再是你贝里奥的了！……贝里奥一听妈妈这么说，哭了，光着两条大羊腿哭着鼻子回家了。"

啊，妈妈保住了又又的裤子！又又无比崇拜地看着妈妈，想象着贝里奥"光着两条大羊腿回家去"，咯咯咯地笑了。

这一次，不用妈妈哄，又又自己起床高高兴兴地主动穿上了他的羊毛裤！

● 羊毛裤的故事（二）

这天，又又穿的是条黑色的羊毛裤。

奶奶把白色羊毛裤洗了，晒在花园里。

午睡前，又又叮嘱说："妈妈，你看着草原，别让贝里奥来把我的裤子拿走了！"（不是草原，明明是草地！！！）

说完，他放心地爬上床睡觉了。

● 病中

又又和双双这两天一起生病，爸爸和妈妈八只手八只脚都不够用，困顿到不行。

一连好几天，妈妈给刘老师打电话请了假，又又可以不去幼儿园。

昨晚，又又扛着他的小枕头来找妈妈，一头栽倒在妈妈床上睡着了。

妈妈给双双喂奶，爸爸也轻轻地紧挨着又又躺下了。

一想到全家四个人就这么一个挨一个地睡倒在同一张床上，妈妈居然嘿嘿笑出了声。

2

又又四岁

1

05

双双一岁

——为什么我长大了就会忘掉小孩的事情呢？

—— 就是这样的，没有为什么。

每个人都是这样的。

大人知道大人的事情，小孩知道小孩的事情。

小孩要是知道了一些大人的事情，他就会忘掉一些小孩的事情！

在现代社会里，一个人不识字的阶段只有短短数年，太短了。

而这段完全依赖人类直觉与感官的时光，无论多么宝贵……终将一去不复返。

❶ 双双七个月

一大早，家里剩下妈妈和七个月的双双互相当玩具。

双双把又又所有的玩具都玩了个遍——

蹦沙发。

骑小狮子车。

踢健身架。

啃磨牙棒啃苏菲小鹿啃香蕉牙刷。

双双虽已七个月了，还不能像个不倒翁那样坐着。

他不在乎有没有被妈妈看见，他一定要看见妈妈。

那天，双双还被自己的一串屁给吓哭了。

❶ 小时候

又又经常提起他"小时候"如何如何，每一次说到
他"小时候"都蹲下扮矮子。

又又形容双双哭鼻子，不仅张开嘴巴哇哇哇地模仿，
还把自己蹲成矮子，末了，说："弟弟哭鼻子是这
样的！"

●● 弟弟是个好吃鬼！

又又说："弟弟想把所有的好吃的好玩的东西都吃光！弟弟是个好吃鬼！"

说着说着居然自己就哭起来，以为是真的了！

糖果

玩具

⏺ 又又与弟弟

又又总是在举报"坏"的弟弟

"妈妈，弟弟想把玩具都吃了！可是玩具不能吃，玩具有毒！

"弟弟，你不能吃玩具！你不能揪妈妈的头发！你不可以摸妈妈的电脑！

"弟弟想把澡盆吃了！弟弟想把我的衣服都吃掉！弟弟抓我袖子了！弟弟他对着人打喷嚏了！弟弟他大喊大叫了……这样不礼貌！"

又又还经常借弟弟之口说出自己的心声——

"弟弟说，哥哥你吃果泥吧！

"弟弟说，可以吃饼干！

"弟弟说，他不想听话！

"弟弟说，我就想尿湿裤子！

"弟弟说，你想干什么就干什么吧！"

又又有时候也会失落——
"又又已经是大宝宝了……我要慢一点、慢一点长大！"

可是又又也会卖弄——
"弟弟，看我！我跳！我还会拍皮球！"
又又给双双唱歌、跳舞、讲故事，把双双逗得哈哈大笑。

又又以为《我哥哥》那本书是弟弟画的自己，并为此扬扬得意。他还把电视剧里的婴儿、书里的婴儿以及各种广告里的婴儿，都认为是自己的弟弟。

弟弟的一举一动又又都知道。

如果弟弟不在家，又又放学回来第一件事就是东张西望："咦，弟弟呢？"

嗯，又又还知道一个小秘密……轻轻地亲一亲弟弟的任何身体部位，弟弟都会咯咯咯咯笑出声来，真好玩！

❶ 站马路

双双迎接哥哥放学，放了学小哥俩一起站马路——
对，站马路。

三岁半的又又和七个月的双双，共同爱好就是——
大冬天的站大马路边，看小汽车一辆一辆地开过去。

◖◗ 伤心情人节

又又一头栽到桌角，额角撞出来血了！好吓人！

于是，又又哭得很厉害，爸爸妈妈跟他说什么都不回答，他要求爸爸妈妈抱他回家。

"我太伤心了！

"我都走不动路了！

"我伤心得都不能睡觉了！

"我都上不了幼儿园了！"

又又的情人节真是一个伤心的节日！

◉ 又又三岁半

又又三岁半，双双七个月。

妈妈抱双双，又又嗷嗷嗷……妈妈抱又又，双双嗷嗷嗷……妈妈抱两个，抱不动！

"飞机要来把弟弟抓走！"双双哭闹的时候，又又就是这样说的。

他还会说："妈妈，你去批评弟弟吧！"

又又有一种特异功能。妈妈给弟弟躺着喂奶的时候，又又就在前后左右蹦，蹦得床一跳一跳的，又又却从没踩到过双双。

又又拒绝去上学已经有一段时间了。他在家待着的时候简直就是个魔鬼。妈妈不能工作，不能睡觉，不能讲电话……又又长了八只手在捣乱……并且，配备了一个高音喇叭！

❷ 十分不想去上学

又又最近十分不想去上学。爸爸问他为什么，他说：
"幼儿园的玩具太少了！"

隔天再问他，他说："我不想睡午觉！"

在幼儿园，他对刘老师说："刘老师，我要回家！我
想妈妈和弟弟了！我弟弟刚刚给我打电话说他也想
我了！"

又又拒绝去幼儿园，可是他愿意去干妈的小豆豆家
庭园。一连三天都待在小豆豆，不愿意回家。在小
豆豆，他用沙盘"种水果"，他用锤子凿核桃，他自
己喝完了牛奶自己刷杯子，他爬到婷婷老师的肚子
上，他和别的小朋友一起躺在草地上。

⓫ 都宰了

又又忽然彪悍地说："爸爸，我要把星期一呈期二星期三星期四星期五都宰了！这样我就能每天都休息了！"

爸爸听了简直不敢相信自己的耳朵，赶紧拿出手机，打开录像："又又你再说一遍。"

于是又又在录像状态下重新说了一遍："我要把星期一星期二星期三星期四星期五全都宰了！……我就能许多天许多天许多天休息！"

❶ 画字

又又从不说"写字"，他说"画字"。

他现在已经会签名了，动不动就说"Y-O-Y-O"。

他兴奋地说："你看！我画的名字！"

(又又签名：Y-O-Y-O)

◉ 下雨天

又又说

"如果下雨天我踩到了狗粑粑，那雨就正好把我的鞋
子淋干净！"

➊ 我的妈妈最美！

幼儿园班上小朋友们各自说："我的妈妈最美！"

又又也跟风自吹自擂："我的妈妈最美！"

班上的小贝奇说："我妈妈最漂亮了！我妈妈还
化妆！"

又又听了马上说："我妈妈也最漂亮！我妈妈也化
妆了！"

从幼儿园放学回家，他翻出妈妈的化妆品，不断
地劝——

"妈妈，你用这个化妆吧！"

"妈妈，你用那个化妆吧！"

🔘 黑色的面膜！

虽然经常在家做面膜，但是这　回是黑色的面膜！

又又看见妈妈就像见了鬼一样，吓坏了！

他小心翼翼地试探："……妈妈，你还是我的妈妈吗？"

妈妈说："是啊！妈妈在做面膜呢。"

"这个面膜它它它怎么这么黑呀？"

"噢，它就是黑色的面膜。"

又又一直不停地跟妈妈说话，好像生怕妈妈随时会变成另外一个人。直到妈妈把那张面膜揭了，扔进了垃圾桶，他才如释重负的样子，好奇地盯着妈妈的脸看，一会儿又盯着垃圾桶看。

又又对这个黑面膜是又好奇又害怕。

他说："妈妈，我不在家的时候你做黑面膜，我在家的时候你就做白色、粉色和蓝色的面膜，好吗，妈妈？"

他又说："妈妈，我害怕你做这个黑面膜。"

他还偷偷翻出来数一数，说："妈妈，你有八个黑面膜。你怎么不做黑面膜了呀？"

⬤ 这次是白色的面膜

妈妈这次敷的面膜，脸上是白的，而且不能摸也不
能亲，又又很不喜欢。

以前他说："妈妈，我觉得面膜丑。"

现在他说："妈妈你已经很漂亮了。……就不用再做
面膜了吧？"

● 狗五则

爸爸煮的银耳莲子汤，又又指着枸杞问："这个红色的是什么呀？"

妈妈回答说："这个是枸杞。"

又又摇摇头说："我不吃枸杞！枸杞是狗吃的！"

卖鸡蛋的柜台。

又又看见鹌鹑蛋，大喊："狗蛋！"

妈妈没听懂："什么狗蛋？"

又又得意地说："狗蛋就是狗下的蛋！"

啊……又又以为小花狗就是从这些小花蛋里孵出来的！！！

对于小区里的狗，又又始终有两个疑问不能解——

"妈妈，为什么有的狗它穿衣服，有的狗它就不穿衣服呢？

"为什么有的狗它穿鞋走路，有的狗它就不穿鞋走路？"

小区里有个宠物店，妈妈告诉又又，这就是"小狗的幼儿园"。这些小狗的幼儿园里"汪汪汪汪"的，总是很热闹。

又又每次路过都要发挥想象——

"妈妈，小狗在幼儿园里也要做操，对吗？

"妈妈，有只小狗它不肯睡午觉！

"小狗它不听话，我们一起来批评它吧！

"这些小狗也要表演圣诞节目了，对吗，妈妈？"

过年了，又又的幼儿园放假，又又疑惑地问："小狗的幼儿园为什么不放假啊？小狗过年就不回家吗？"

又又每次看到邻居家的松狮都要卖弄一下："看，这个狗它长得像个狮子！"

⓫ 我有一个好主意

又又现在动不动就说："我有一个好主意！"

比如说，今人跟爸爸玩飞盘，飞盘飞过大树，飞到二楼别人家的空调机位里了！大家都傻眼了。

又又说："我有一个好主意！我们再买一个飞盘吧！"

❸ 弟弟的食物

弟弟已经快八个月了，开始长牙了。

妈妈给弟弟买了很多磨牙饼干、泡芙和溶豆。

又又看着这些"弟弟的食物"垂涎三尺，痒痒地说："这些弟弟吃的东西，我小时候也吃过！我小时候也觉得好吃！"

又又一会儿说："弟弟你应该吃点豌豆泥！"

一会儿说："弟弟你还是吃玉米泥吧！"

一会儿忧心忡忡地说："哎呀！这么多的磨牙饼干弟弟可吃不完啊！这样吧，我来帮你吃！"

⚫ 小龟对我可是真好啊

又又带着瘪了气的皮球去找他干妈给小皮球打气。

不到半个小时，高高兴兴地回来了！

不仅小皮球打满了气，小龟还给了他四颗白色的糖果！

小龟姥姥也给了他礼物：一颗小猪糖果、一颗小牛糖果、一颗小狗糖果！

这一回，又又心满意足地夸赞："小龟对我可是真好啊！"

❻ 吹不动我

今天户外活动的时候，所有的小朋友都在蹦蹦跳跳，只有又又蹲在地上不蹦也不跳。

又又告诉刘老师："风太大了，我一蹲下，风就吹不动我了！"

● 没门

爸爸坚决地说："没门！"

又又奇怪地问："是我们家的门被拆了吗？"

◍ 大草原和沙漠

又又偶发豪言壮语。

他说："妈妈，我在大草原等你吧！"

（所谓"大草原"，其实是家门口的一块草坪。）

他说："妈妈，我们还是去沙漠玩吧！带上我的小铲子和小桶！"

（他说的"沙漠"……不过是一个沙坑而已。）

⊙ 我害怕他咬我

又又从小就害怕家里的扫地机器人，他说："我觉得这个机器人不像人……他好像一个圆披萨。"

"你为什么这么害怕小机器人呢？"

"因为……我害怕他咬我。"

🐴 小马就是我的仇人！

又又问："仇人是什么意思啊？"

妈妈说："如果一个人他喜欢你，跟你在一起玩，对你好……那他就是你的朋友。如果他不喜欢你，不想跟你在一起，他还跟你打架，欺负你……那他就是你的仇人。"

又又听了，想了想说："嗯，小马就是我的仇人！"

这个"可怕的"小马已经让又又愤怒很久了。

"小马他会打人！"

"小马踢人！"

"小马推人了！"

"小马特别不懂事！"

妈妈给又又讲故事，凡是故事里提到淘气的、不听话的、搞各种破坏的坏小孩，又又就会说："这是我们班上的小马！"

小马真的好厉害啊！

他天天打人，每个人都打，打了又又，还打老师！

又又不断地、绘声绘色地给我们形容小马是如何打
他的："小马他打我的头了！他从背后推我了！他拿
胳膊使劲勒着我打！小马用脚踢我还踩我了！"

"小马打你，你有没有告诉刘老师？"

"没有。"

"为什么不告诉刘老师？"

"我……我……我害怕小马！老师说他他也不听，刘
老师也打不过他！"

真是岂有此理。于是妈妈去幼儿园把这件事情报告

给刘老师。

刘老师听了很惊讶："小马？我们班的小马？我们班
没有……噢！是有个小马！挺厉害的，老师去抱他
把桂老师都给打了！可是……又又跟小马接触不到
啊，小马是 Baby 班的！跟我们小班都不在一起！"

Baby 班的桂老师也来了，她想起来了："半年前有段
时间混班，小马放到又又他们班待了几天，可是那
都是好久好久以前的事了！"

于是，妈妈对又又说："妈妈已经告诉刘老师了。如
果小马再欺负你，刘老师就会帮你的。又又你还害
怕小马吗？"

又又说："嗯……我不害怕小马了。"

可是妈妈脑中浮现出一个 Baby 班的、年龄小小的、

比又又矮出一大截的、挥胳膊抡腿的小马、忍不住笑了。

✑ 你也会吗?

又又感冒了,打了一个巨大的喷嚏!

然后……佯装镇定地对爸爸说:"我会这样打喷嚏,你也会吗爸爸?"

生病的又又在家,妈妈完全没法干活儿。

妈妈气急败坏,又又却跑过来一头栽进妈妈怀里说:"妈妈,你也可以一边抱我一边工作的,对吗?一只手抱我,一只手抱电脑!"

● 发烧小人

病愈的又又从床上一跃而起，宣布："我把发烧小人赶跑啦！"

可是他很快就发现腿发软，走路没有力气，他不太明白怎么回事："啊呀啊呀！我又不太会走路了……我怎么又不能走路了呀……难道我又变成小宝宝了？"

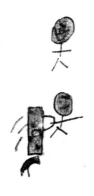

⏺ 我要去旅行

又又一早醒了，告诉爸爸：

"我要去旅行。我要去妈妈的房间旅行。"

于是又又来到妈妈的房间旅行，志得意满地躺在妈妈的被窝里，说：

"还是让弟弟睡他自己的小床上吧，我不想让弟弟到妈妈床上来。"

◉ 不要吵

　　爷爷说："又又，不要吵！弟弟在睡觉！"

　　奶奶说："不要吱声！别把小宝吵醒了！"

　　又又听了，立即大声唱歌。

✿ 新发型

今晚妈妈弄了个新发型回家。

九个月的双双一看见，两只眼睛就变得圆溜溜的，嘴巴张成"o"形……那惊愕的表情妈妈永生难忘！

不到四岁的又又本来已经上床睡觉了，他故意爬起来坏坏地喊："你不是我的妈妈！你是坏人！"

◦ 等妈妈

从地库一出来，远远看见一个小小的、小小的欢快身影迎在家门口。

樱桃花开得浓烈，紫丁香氤氲袭人。

而小双双就在这香馥馥的姹紫嫣红里，等妈妈回家吃午饭。

◎ 唱得长吗？

又又唱："一张小桌子，两把小椅子，三个小兔子……"，直唱到"十个小手指"。

唱完还扬扬得意地问奶奶："这首歌我唱得长吗？"

奶奶附和说："长！长！"

并且用两只手比划了一下："这！么！长！"

❶ 一枝花朵

爸爸妈妈的朋友一枝阿姨要来做客了。

又又听了"一枝"的名字很兴奋，说：

"我能叫她花朵阿姨吗？"

❶ 骨头人

又又完全不明白"死"是怎么回事。

他问:"人死了,就变成骨头人了,对吗,妈妈?"

(呀,又又一定是在哪看见了骷髅,却从来没有人告诉过他那是什么!)

⏻ "诗人"

又又踩着滑板车跑好远了，又慌慌张张地折返回来
告诉妈妈："那边有个'诗人'，我好害怕，就不敢
过去！"

妈妈听了很奇怪："什么什么'诗人'？"

又又急了，指手画脚地说不清楚，带着好奇的妈妈
一路穿过深深的庭院，然后在一个幽僻的小喷泉边，
见到了那个可怕的——"狮人"(喷泉壁上的狮头人
面石雕)。

⊙ 公鸡母鸡

爸爸送又又上学，又又听见树上的鸟叫，说："公鸡！"

爸爸纠正他："不是公鸡。"

又又说："母鸡！"

⬤ 爱我有多少

早晨，又又穿着睡衣、抱着枕头，来到妈妈的卧室，躺在妈妈的旁边，说："妈妈我爱你！"躺了一会儿，再起床去上幼儿园。

妈妈一整天都沉浸在爱河里。

又又这段时间不断地说："我爱你。"

然后妈妈回应："我也爱你啊，我的宝贝。"

又又追问："妈妈你爱我有多少？"

妈妈张开胳膊比划给他看："这么长……这么宽……这么高……哎呀，胳膊太短了都比划不下了！"

又又一看居然有这么这么多，满意极了。

✿ 我爱你，你也爱我吗

又又发现一个秘密——

只要他对着我们说"我爱你"，爸爸妈妈爷爷奶奶就会忘记他干的所有坏事，高高兴兴地回答说："又又，我也爱你呀！"于是我们一家人沉浸在互相爱来爱去里，忘记要批评又又，这样已经好几个月了。

只有十个月的双双无辜地看着他，不会回答。

又又丝毫不泄气，一遍遍地问："弟弟我爱你，你也爱我吗？"

🚃 火车轨道危险

又又在客厅里搭了一个火车轨道，双双也想玩。

又又一把扯住弟弟，大声说："火车轨道危险！弟弟，请不许过去！"

● 烟囱里的云

云真美。

妈妈指着天空对又又说："看，蓝天！白云！真美啊！"

又又说："这些云都是从烟囱里飘出来的，对吗？"

❽ 我想和你结婚

又又的老师回老家结婚去了。

又又知道了，一连说了四句话："Ana，我想吃蛋糕！我想和你结婚！我看见你的大蛋糕了！我是又又啊！"

Ana 老师答复又又："又又，你小子现在英语说得嘎嘎棒呀！我也想跟你结婚呀！呀哈哈！"

◉ 我的毛掉了

爸爸妈妈去幼儿园接又又。

又又兴高采烈地跑过来，忽然"哎呀哎呀"地开始大呼小叫："哎呀哎呀，我的毛掉了！我的毛掉了！哎呀呀！我身上的毛掉了！"

爸爸妈妈和老师都不明白怎么回事，就看见又又自己在那大呼小叫、原地团团转。

最后我们终于弄明白是怎么一回事：原来是又又的衣服脱线了！

一条长长的线从衣服里掉了出来，越扯越长，越扯越长……又又他不知道衣服会掉线，吓坏了！他还以为是自己的毛掉出来了！

妖怪

又又四岁。他对妖怪的好奇持续发酵……

"爸爸，我们国家为什么没有妖怪？

"爸爸，你说现在还有妖怪吗？

"妈妈，我的幼儿园也有妖怪吗？

"妈妈，妖怪都藏在哪儿了呀？"

……

他好害怕睡着的时候，妖怪会忽然冒出来啊！

昨晚，妈妈经过又又房间的时候，听见又又躺在小床上，像是下了一个很大的决心，忽然勇敢地宣布：

"爸爸，我不害怕那些已经死了的妖怪！"

❽ 小机器人

双双有个小机器人，打开开关、按按遥控器，就能唱歌、跳舞、发射炮弹，做各种动作。

于是又又学这个小机器人。

妈妈拧一下他的耳朵。

他就自动开机，说："欢迎你，小主人！"

妈妈说："唱首歌吧！"

又又扮的小机器人就开始唱啊唱。

妈妈说："跳个舞吧！"

又又扮的小机器人就会自动跳舞。

他还会蹦和跳。

他还会向前、向后、向左、向右滑行。

又又扮的小机器人忽然慢下来。

妈妈说："咦？怎么越来越慢了？"

又又有气无力地回答："妈妈，小机器人快没电了！"

说着，又又忽然一动不动了。

妈妈说："这回……小机器人是坏啦？"

"不，是彻底没电了！"

⊕ 大海的梦

又又告诉奶奶:"我梦见在大海里尿尿,我的尿好多呀!"

然后,奶奶就发现这家伙尿床了!而且……确实尿好多……

● 巧克力味道的梦

临睡前，又又说："我要做一个香香的、甜甜的、美美的梦！"

他想了想，补充道："就是巧克力味道的梦！有巧克力饼的颜色！真美啊！"

❀ 做梦的时候

昨天又又吃饭的时候不老实，在餐桌前扭来扭去。

妈妈批评他他还不服气，说："我想要怎样就怎么样，行吗？妈妈！"

妈妈严肃地跟他说："又又，只有一个时候你才可以想怎么样就怎么样，那就是你做梦的时候！"

今早又又哭着醒来，眼睛里都是泪水。

他哇哇哭着告诉爸爸："我刚刚梦见一个坏人，他拿刀把奶奶的胳膊割伤了！"

爸爸赶紧安慰他这不是真的。

又又连拖鞋都没穿，着急地跑到奶奶房间，很快，奶奶房间里传来了又又叽叽呱呱的声音。

跟奶奶叽叽呱呱够了，又又跑到妈妈房间来，很不好意思地说："妈妈，我刚刚梦见有一个坏蛋来了，他拿刀把奶奶伤害了！"

妈妈说："又又，你那是做梦，做梦梦见的可不是真的，奶奶胳膊还好好的，对吧？"

又又捂着嘴笑了："是啊，做梦是假的！那就是在演戏！"

ⅱ 乱了

又又从没喝过酒，可是他能想象出"醉"的感觉：
"喝了酒，我就乱了！"
说着说着，他从床上蹦到地上，从地上蹦到床上，
这就是在表示他已经"乱了"。

喜欢你!

围棋课放学了。

四岁的浩浩隔着许多人大声喊:"又又,我好喜欢你!"

四岁的又又听见了,喊回去:"浩浩,我也喜欢你!"

◑ 座次表

又又心中有一个长长的座次表，没事就会拿出来唐
僧念，从头念到尾——

爸爸妈妈和弟弟（第一梯队）

爷爷奶奶外公外婆（第二梯队）

刘老师张老师马老师西西老师和苏珊老师（第三梯
队是老师们随机组合）

好朋友妞妞和浩浩（第四梯队是这俩青梅竹马固定
组合）

当然，还有他偷偷爱慕、为之神魂颠倒的女同学孙
婉莹（从来都是单列，不属于以上任何一个梯队）！

又又心心念念爱慕这个女生很长一段时间了。

他说："我最爱的就是孙婉莹。"

他说："孙婉莹喜欢什么，我就喜欢什么。"

他说:"在幼儿园、我要孙婉莹的小床在我的前面后面左边右边,我才能睡得着。"

妈妈觉得好奇怪:"去年你不是说最爱的是威妮吗?你们班的威妮哪去了?"

又又万分得意地纠正妈妈:"我们班的威妮就是孙婉莹,孙婉莹就是威妮呀,妈妈!"

⊕ 那个人他在哪儿

搬家。新房子里说话有回声。

又又第一次听见很惊奇："咦，还有个人在说话！那个人他在哪儿？"

（新房子）

◉ 我是爸爸妈妈出版的

又又在餐桌上指着藕问："藕是什么意思呀？"

妈妈说："你认识荷花和荷叶吗？藕就是荷花和荷叶家的！"

又又说："哦……为什么藕是它们家的呀？"

爸爸积极启发他："又又，那你想一想，你为什么就是我们家的呢？"

又又不假思索地回答道："因为……我就是爸爸妈妈出版的啊！"

● 学费放在哪里

一连放了十几天的假，又又乐不思蜀地宣布道："我不喜欢上学了！幼儿园不好玩！我不想去幼儿园！"

妈妈看着他，跟他讲道理："可是，爸爸妈妈已经交了学费。你不去上学，学费可怎么办呢？"

又又马上追问："那，学费交给谁了呀？"

"交给你们李园长了呗。"

又又不死心继续追问："那李园长把我的学费放在哪里了呀？"

妈妈想了想，告诉他："藏在李园长枕头底下了……别想了，偷都偷不到，拿不回来了！"

又又愁眉苦脸地"哦"了一声，只好老老实实去上幼儿园。

❤ 心目中的……

在这么多的妈妈种类里——

又又说，我妈妈是"温柔的妈妈"！

又又还特地指出，妈妈绝不是"有劲儿的妈妈"那一款："我的妈妈她没有力气，只有给弟弟喂奶的力气，喂完奶就一点力气都没有了！"

这书上没有写"马虎大王妈妈"，如果有的话，又又一定会说："啊！这就是我的妈妈！"

在这么多款爸爸里，又又认为——

咱家这一款是"公正的爸爸"。

因为……"弟弟欺负我了，爸爸就会批评弟弟；如果是我欺负弟弟了，爸爸也会批评我！"

又又心目中的弟弟——

弟弟是"眼尖的小宝宝"，他一看见妈妈的奶就大喊大叫！

又又心目中的自己——

"我呢，是'了不起的小宝宝'！我能用电脑工作，还能帮爸爸妈妈工作呢！"

（为了不让又又乱动爸爸妈妈的电脑，妈妈发给又又一台卡西欧计算器，告诉他"这是又又的小电脑"，并且"爸爸用爸爸的电脑，妈妈用妈妈的电脑，又又用又又的电脑，每个人都用自己的电脑……弟弟他太小了他还没有电脑"。

自从交代了这一车轱辘话，又又深信不疑，果然不再乱玩爸爸妈妈的电脑。他开始学着在"又又的小电脑"上敲键盘，然后惊奇地发现，所有学过的数字都在他的小电脑里面！）

❶ 我不想死掉

四岁的又又怕黑，他也怕死。

他好害怕宇宙大爆炸啊！

黑暗中他搂着妈妈："妈妈，我不想死掉。"

妈妈说："宝贝你不会死的，放心吧，爸爸妈妈一直陪着你呢！只要你听爸爸妈妈的话，注意安全，就肯定不会死。"

又又说："可是等我老了就会死啊！妈妈我老了也不想死！"

躺在床上，妈妈摸着又又的小脑袋，说："等你长大了，科学就进步了，到那个时候，咱们人就再也不会死啦。"

又又并不知道，他妈妈其实也是一个怕死怕得要命的胆小鬼……直到遇到另一个小小胆小鬼……噢，原来一直是又又在给妈妈壮胆啊！

"而且呢，妈妈一直陪着你，我们永远、永远都在一起，这样你就不会害怕啦！"

黑夜的床上，大胆小鬼和小胆小鬼紧紧地抱在了一起，好像这样就可以不害怕了！

● 又又当官记

从小到大，每次吃鸡的时候，爷爷奶奶总是把鸡冠夹给又又吃。

今天的餐桌上又有鸡，又又指着说："冠！"

奶奶高兴极了，说："又又要当官了！"

爷爷也高兴极了，说："我们又又要当官了！"

又又不知道"官"是个什么东西，却也高兴地说："我要当官啦！我要当官啦！"

奶奶眉开眼笑："又又长大以后要当官喽！当大官喽！当大……嗯，还是不要当得太大了，官当得太大了，你就认不得奶奶喽！"

又又不知道爷爷奶奶把鸡冠给他吃，原来是想让他当官，听了奶奶的话，他想了想，高兴地说："噢，那我就当个 little 官吧！"

爸爸问他："又又，你知道当官是什么意思吗？"
又又说："我不知道！我奶奶喜欢！"
妈妈问他："又又，你长大以后想当个什么官啊？"
又又说："我不知道！妈妈你知道吗？"
妈妈沉默了一会儿，立马高兴地说："有啦！新郎官！妈妈呀最想让又又当的官是新郎官！"

又又听了觉得好威风啊，跑去告诉奶奶："奶奶，我长大了想当狼官！"

⊕ Don't worry!

又又这小子天性豁达乐观。

昨晚爸爸妈妈送受伤的又又去医院，他一只眼睛蒙着纱布，绑在后座上挤眉弄眼，还安慰我们："Don't worry！"

度过了艰难一夜，醒来时又又已经在兴奋地跟爷爷奶奶分享昨晚的经历了："我去了五个医院！……我们经过的是机场路收费站！"

又又告诉爸爸："其实我觉得受伤也挺好的！受伤了就可以喝药！"（这小子感冒咳嗽时，我们给他喝的那几种药他都很爱喝！）

爸爸说："这次受伤不一样。医生给你开的药不是用来喝的，是用来打针的，已经打到你的屁股里去了。"

又又幽默感爆棚地说："噢！被我的屁股喝掉了！这药，我的屁股很爱喝！"

一大早，双双来看望，他盯着哥哥敷着纱布、蒙着绷带的眼睛，惊奇地喊："哥、哥！又又！哥、哥！"还叽里呱啦说了一堆谁也听不懂的话。
又又翻译说："弟弟说他不想让我这样，他想让我好起来！"

又又真的是很棒啊！

生气透了

洗澡的时候，又又忽然噘着嘴说："妈妈，今天有件事情，你批评得不对！那个玩具不是我弄坏的，是奶奶弄坏的！"

妈妈说："真的是奶奶弄坏的？"

又又说："真的！"

"那妈妈冤枉你了，向你道歉。你能原谅妈妈吗？"

"妈妈我原谅你了！可我还没生气透呢！"

"好吧，那你再生一会儿气，就生气透了。"

"好啦，我生气透了。我爱你，妈妈！"

◐ 感觉有刺

吃饭的时候，又又说："有鱼刺！"

妈妈说："瞎说！菜里根本就没有鱼！"

又又讪讪地给自己圆谎："我感觉到有刺了……我肚子里有只刺猬在玩！"

⬤ 偷偷地喜欢我

又又神秘兮兮地凑过来告诉我：

"妈妈你知道吗？刘老师在心里喜欢我。她是偷偷地喜欢我，她就是不告诉我。"

⚫ "字"的名字

又又忽然发现新大陆,跑过来告诉妈妈:"妈妈,有一个字它叫'字'!你觉得搞笑吗?"

笑点如此之搞笑,妈妈只能拼命点头:"嗯,是有点搞笑……确实是搞笑!"

于是又又接着问了:"那么,'字'它叫什么名字呀?"

● 好看的照片

今天早上又又钻进妈妈的被窝里，要求看妈妈的手
机相册，并且吵吵着说："我想把我好看的照片发给
威妮！"
鉴于威妮小朋友是又又最爱的女同学，妈妈同意了，
让他随便挑"好看的照片"。
于是，又又从一千六百零二张照片里精心挑出了一
张头戴绷带的照片，发给了他最爱的小姑娘。

⬤ 不用去上学了

这几天又又受伤了，没去上学。

刘老师（对，就是偷偷喜欢又又的那个刘老师）打电话过来说，班上的小朋友都好想又又了！小朋友们都知道又又受伤了，并且都知道受伤的原因是又又在家跑来跑去摔倒了！

小朋友们都纷纷表示以后不要像又又一样在家跑来跑去！

又又告诉刘老师："我受伤了。我已经不怎么疼了！……但还是有点儿疼，所以我还不能去幼儿园上学（差点儿说漏嘴啊又又），我真的还有点儿疼！谢谢刘老师！拜拜刘老师！"

挂了电话，又又终于松了一口气，宣布："妈妈，我再也不用去上学了！"

❷ 心里动了一下

今晚给又又讲故事的时候，讲到这一页：

"巴士到站了。来扫墓的人下车了。"

又又忽然问："妈妈，什么是扫墓的人？"

"就是那些已经去世的人，有人想他们了就会去看
他们。"

又又点点头表示知道了："噢！还带着许多好吃
的！……那，那些骨头人都在哪儿呢？"

又又已经知道人死了会变成骨头，却不知道变成骨
头以后的事情。

妈妈指着那片画着十字的白色墓地底下的褐色，给
他看："在这里，骨头都埋在土地里了！"

又又说："骨头为什么要埋在地里呢？"

"人死了，骨头埋在地里，就又变成土地了，就变成

了地球的一部分……"

话还没说完，又又抢着说："我知道！然后他就又重新生出来，变成小孩！"

好深奥啊……妈妈想了想，告诉他："是的，然后这个人又重新找了个妈妈把他生一遍。每个人都是这样。"

没想到，又又看着妈妈说："那下次我还找你当我妈妈，行吗？"

妈妈听了说："好！"

确实是好。

于是晚间给又又洗澡的时候，妈妈把又又的话向爸爸重新说了一遍，并且补充了一句："……当时我好感动啊！"

正在洗澡的又又听了插嘴就问："妈妈，'感动'是什么意思啊？"

妈妈解释给又又听："'感动'就是妈妈心里动了一下"，并且在又又光溜溜的胸口比划了一下："就是这里，这样动了一下。"

紧接着又又问："那……'感动'疼吗？"

妈妈笑了："不疼不疼，妈妈觉得很幸福！就是你们幼儿园学的那首歌里面唱的'H～A～P～P～Y，H～A～P～P～Y'……"

爸爸故意问："为什么你还想找她当妈妈？你不想下次换个妈妈吗？"

又又说："不想换，因为我喜欢她呗！"

（妈妈心里又动了一下！）

妈妈也问又又："那下次你还想要这个爸爸吗？要不

要换一个爸爸？"

又又摇摇头："不换，我觉得这个爸爸挺好的！"

（这次轮到爸爸心里动了一下！！！）

"那弟弟呢？咱们还要不要带上他？"

"我想要一个好的弟弟……他还是现在这个弟弟，还跟现在长得一模一样，他就是一个好弟弟！"

（又又想要双宝不再跟他捣乱，却舍不得把他换掉！……弟弟，这次你心里动不动？）

21

● 又又五岁

✿ 双双两岁

又又长得像爸爸。双双长得像我。

——他们说。

我的两个孩子此刻都已熟睡。

我看着他们的脸，感受着他们的气息，如此爱。

又又的小身体里有一个小灵魂。

双双小小的身体里也有一个小小的灵魂。

他们多么像我们啊！

他们是他们自己！

● 一岁半的双双

他会喊"又又"，清晰、准确、奶声奶气。
这是他认识的第一个名字。

他说"这个这个"，他说"那个那个"，很早就会说。
他还说：（手）机、（遥）控、吸（尘器）、（充）电
（线）、净（化器）、爸爸药（爸爸的鼻炎药）、哥哥
药（哥哥的鼻炎药）。

他说"鼻"，就是想让你给他擦鼻涕。
他擅长皱鼻子，更擅长哭鼻子。
他说"奶"或者"牛"就是要吃奶。
哥哥从幼儿园学回家一首曲子叫《拔萝卜》，于是他
也会唱"拔萝卜"，经常埋头吃着吃着奶，忽然抬头
唱这么一句"拔萝卜"，没头没脑。

他还会说"好"。问他什么事情"好不好",他每次都说:"好"。But,说了不算!

他像树袋熊一样挂在妈妈身上,不肯下来,直到睡着或者爸爸过来把他拎走。

他是个"哥哥迷"。

每天眼睛睁开第一件事就是喊"哥哥",要去哥哥的房间确认一下哥哥还在不在。睡前骗奶吃,吃了不睡觉,眼睛睁得滴溜溜地喊"哥哥",要去哥哥的房间探班,确认一下哥哥有没有也睡觉。

他一天到晚不停地喊"哥哥""哥哥",夜里做梦说梦话都在喊"哥哥"。

可他哥哥并不买他的账,哥哥总是说:"哎呀,你这个小家伙!"

⚆ 你把我的世界都搅乱了

又又把弟弟的毛袜子当自己手套戴出门。

又又不会说"手掌",他说"手后跟"。

又又会看着双双气急败坏地说:"弟弟,你把我的世界都搅乱了!"

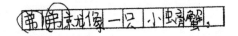

◦ 我呆了

又又的新口头禅："我呆了！"

被弟弟搞破坏、被奶奶催吃饭洗澡睡觉、学校里来
了个新同学、爸爸批评他、小龟掉了颗门牙、下雪
了雾霾了、吃了个好吃的蛋糕……他都能来一句：
"我呆了！"
总之，并不仅仅表示惊呆，可以用在任何场合。

那天躺在床上妈妈唱完睡觉歌，过了好长时间，以
为这家伙终于睡着了。悄悄起身时，发现他居然还
醒着。
又又一动不动、有气无力地说了一声："妈妈，我
呆了。"
……然后，就真的睡着了。

⊕ 生病小人

又又生病了。

他通常会说："不用去医院，让我看电视病就好了。"

或者说："让我吃点巧克力就好了。"

可是这一次是真的生病了。

他不光愁眉苦脸说肚子疼，还发烧呕吐。

他也不要看电视或吃巧克力了。

他不想吃任何东西，他吃任何东西都是酸的。

他要告诉班里同学自己生病了。

他要妈妈把生病的消息告诉刘老师。

又又生病可真是一桩大事啊！

妈妈说，这一次，感冒小人和发烧小人都来了，又又肚子里的生病小人太多了。

又又的生病小人，也跑到双双肚子里去了，这回双双也生病了。

生病的哥俩必然各种闹腾各种衰。

又又虽然不吃不动却很重视自己的拉撒，每次上完厕所都感觉病好了一些。

他还会用数字来表达自己的生病程度："一共有一百个生病小人在我肚子里，我一尿尿掉八十个，拉到马桶里两个，生病小人最后还剩二十三个！"

他好像在梦里也跟生病小人做斗争。

今天，又又一醒来就宣布："感冒小人已经被我打跑了，我的病好了！"

果然就好了，立刻活蹦又乱跳。

并且，他好像把双双的生病小人也一起打跑了！

◉ 老鼠馅儿的

本月"包子节"。

早餐一连串小熊包、小猪包、熊猫包之后，今天吃
米奇米妮包。

又又充满期待地说："我觉得它可能是老鼠馅
儿的！"

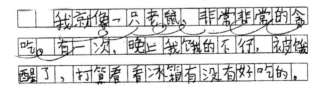

我就像一只老鼠，非常非常的贪
吃。有一次，晚上我饿的不行，被饿
醒了，打算看看冰箱有没有好吃的，

◉ 三个妈妈

一个妈妈真的不够用了!

今天早晨,又又就躺在床上对妈妈说:"我想要三个妈妈!"

"一个妈妈去陪弟弟,一个妈妈拦住弟弟不要过来跟我捣乱,这样你就一直在这里陪着我。"

▥ 打分

又又已经有"打分"的概念了。

在他的画里，有特别标注：又又一万分，乖淘
一万分。

又又也会用分值来表忠心或表不满："妈妈，我要给
你打满分！我给爸爸也打满分！我不能给弟弟满分，
我要给他打零分，因为我觉得弟弟他有的时候表现
不太好，他不听话。"

● 这么好，这么坏

又又气愤地说：

"这么好的一个妈妈，却干了一件这么坏的事！"

◉ 沮丧

昨天午饭，又又喝果汁的时候失手打掉一个长颈玻璃杯。

今晚晚餐，他又撞落一柄瓷勺。

走在田埂上，又又忽然沮丧地问苍天："为什么我最近做事情总是那么失败？！……况且我今天还有点儿拉肚子！"

◉ 三个问题

又又睡觉前最关心的三个问题：

——要是妖怪来了怎么办？

——要是小偷来了想把我偷走怎么办？

——要是害虫来了咬我怎么办？

❶ 梦和睡

邻居家的妞妞来找又又玩，可是又又在午睡。

一会儿又又睡醒了，一睁开眼睛就看见妞妞看着他，惊呆了……他以为自己在做梦，妞妞在他的梦里！

睡到半夜，小哥俩在被窝里打架斗殴，打得我们实在是受不了了！妈妈抱着弟弟换了张床去睡。

又又一早醒来就问："爸爸，陈小齐他们去哪儿了？"

从黄山回来好几天了。

昨天又又醒来，美滋滋地说："我刚刚梦见黄山了！我这几天做梦都梦见黄山！"

睡觉又又不想让妈妈关门。

妈妈坚持要关门睡觉，并且把关门的道理讲给他听：
"这样，妖怪和小偷就关在外面进不来了！"
又又毫不犹豫同意了。

那晚临睡前，又又担心地问："妈妈，妖怪要是来抓
我，可我是个胆小鬼怎么办？"
"那太好了！胆小鬼也是鬼……妖怪最害怕鬼了！它
看见胆小鬼肯定吓得转身就跑！"
又又顿时不怕了，他还拿出剩勇去吓唬一下妖怪：
"那我就追着他做鬼脸！"

> 我做了个鬼脸
> 火上浇油啊！

◐ 爱的人

又又说："我要让威妮、妞妞、浩浩和吉吉都来我们家，都睡在我的小床上，我们都住在一起！……这样我们就有一个蘑菇、一个胡萝卜、一个南瓜、一个茄子和一个小辣椒了！"（他们班上圣诞节演出的拿手节目《蔬菜歌》里，这几个小朋友各演一种蔬菜。）

乖淘嫉妒了，想了一会儿，劝说："又又，我觉得你和那些小朋友们睡在一起不太容易！你和我在一起就比较容易！因为我们是爱的人。"
又又不解："为什么爱的人就会容易？"

妈妈立马跳出来，见缝插针启发他："你吃饭的时候，如果有你爱吃的菜，是不是吃饭就会比较容

易？如果有你不爱吃的菜，吃饭就会不容易，对不
对？爱的人也是这样啊！"

（妈妈擦汗：教育工作不容易啊！）

只能选一个

玲达老师问又又："玲达老师和乖淘，你喜欢谁？"

"两个都喜欢！"

"要是只能选一个呢？"

又又认真地想了想，最后选择喜欢玲达老师，因为……"乖淘说话漏风！"

掉了门牙的可怜的乖淘……

（点评：友谊的小船说翻就翻，爱情的巨轮说沉就沉。）

☯ 我喜欢的都是女孩

爸爸转述又又前几天说的话："除了我自己，我喜欢的都是女孩！"

妈妈好奇地问："那，快说说你都喜欢谁？"

妈妈心里替他开出了一个长长的名单。

谁知又又回答道："我喜欢妈妈、奶奶和外婆！"

真是出乎意料啊！

❶ 轮子

又又假装自己是托马斯小火车。

早晨睡被窝里，爸爸说："脚呢？脚伸出来穿袜子。"

又又一动不动。

妈妈说："轮子呢？轮子伸出来。"

又又的脚就从被子底下伸出来了！

在我小的时候，非常喜欢火车类的玩具，可又不喜欢，甚至有些讨厌卡通小火车！由于这个原因，爸爸妈妈想尽脑汁都想不到怎么搞我这个奇特的喜好。

❶ 劳动节

妈妈正在吃早餐，又又发起视频。

他此刻坐在幼儿园门口，说："今天劳动节，不用上学！我要回家帮爸爸妈妈做家务，洗衣服，做饭，种一个种子！"

● 阳台上有风

妈妈在阳台上看书看得正带劲，又又来了。

他是这么说的——

"妈妈你别在外面阳台待着了！阳台上有风，会把你吹生病的。生病了你就只能躺在床上，躺在床上慢慢地你就会不能动，慢慢地你的病就会越来越严重，你就更加不能动，然后你就会死。……妈妈你还是别在阳台上待着了吧！"

◉ 工那么晚的作

"妈妈每天晚上工那么晚的作，她就不瞌睡吗？"
当爸爸转述给妈妈听的时候，妈妈下定决心，再也
不"工那么晚的作"了！

⊕ 真火箭

又又画了一个火箭，非得让爸爸帮他把火箭从纸上拿下来。

爸爸只能跟他解释："这火箭是画上的，拿不下来的。"

后果很严重！

又又很生气："为什么呀？我明明已经画得很像了！它就是真火箭！"

⑪ 黄树

经过"黄村",又又看见路牌,说:"黄树!"
爸爸一边开车一边告诉他:"这是黄村,不是黄树!
'树'比'村'里面多了一个又又的'又'。"

……有了又又,"黄村"都变成了"黄树"!
黄村真是一个值得又又纪念的地方啊!

◉ 我爱女人

那天，又又忽然问我："妈妈你是女人，对吧？爸爸是男人，对吧？"

妈妈点点头，还没弄明白怎么回事，又又就已经扑上来了："妈妈，我爱女人！"

昨晚又又只知道"妈妈的节日"，今天早晨一睁眼，他忽然开窍了："今天是妈妈的节日，也是奶奶和外婆的节日，也是乖淘妈妈、妞妞妈妈、妍妍姥姥的节日，对吧？"

妈妈高兴地说："对，对，也是你们刘老师、萌萌老师和玲达老师的节日！到了学校别忘了跟她们说节日快乐！"

又又说："我爱女人！"

⊕ 长针指到几

每天早上妈妈都要问的问题：

"又又，你帮妈妈看看，长针指到几，短针指到几啦？"

通常又又的回答是这样的：

"妈妈，长针指到四，短针指到七和八的中间！"

或者是这样的：

"短针指到六和七的中间，长针也指到六和七的中间！"

或者是这样：

"妈妈！我不能帮你看了，我眼睛都还睁不开！"

母亲节的第二天早晨，又又是这样回答的：

"妈妈，今天长针已经指到我爱你，短针指到了妈妈！"

这个回答，连爸爸都感动了！

◐ 懂事的苍蝇

"妈妈，刚才有一只苍蝇很懂事！"

"哦？"

"爷爷一说想打它，它就飞跑了！"

● 明天就长大了

昨天是六月一号儿童节。

放了一天假，又又特别高兴。

今天他追着我们问："六月二号也过节吗？六月二号
过的是什么节啊？"

爸爸妈妈告诉他："六月二号，是'六一'儿童节
的后一天，也是又又生日的前一天，它是一个中间
的节！"

今天，是又又四岁的最后一天，一个非常值得纪念
的日子！

于是他走到弟弟跟前，认真宣布：

"弟弟，你知道吗？我明天就长大了！我马上就五岁
了！……你叫我爸爸！"

⓪ 张双……哥哥

双小宝已经快两岁了，能吃能睡能开各种玩笑。

如果你问他："双双几岁了？"

他就会告诉你："八点半了！"（有的时候会说"九点半了！"）

如果你问他："你叫什么名字？"

他会神气地回答："张又又！"（他是有多想当哥哥啊！）

要么呢就是："张双……哥哥！"（他要强调一下他才是哥哥。）

● 有二百个人喜欢哥哥

双双今晚忽然宣布："有二百个人喜欢哥哥！"

……一连播报了好几遍！

我们的张又又，在他们班里跑不快也跳不高，画画涂颜色比较潦草，写字的时候是个大马虎。他唱的英文歌儿颠三倒四，他在集体活动的时候经常掉队。

可是，弟弟崇拜他！

他的爸爸妈妈很爱他。

● 乖淘告状

"又又在幼儿园做操的时候，他总是伸个小胳膊！"
乖淘告状说。
一边说她还一边学又又懒洋洋的样子。

"他还没有钱！"
(又又的幼儿园是可以打工赚钱的，最快的赚钱渠道
是"当保安"。)

"又又到我们班里来消费，可是他没钱！连一个钱都
没有！"乖淘继续描述又又那副没钱又样样都想买
的穷鬼样子。

"又又还把手插在裤兜里在我们班里晃来晃去，他啥
都不买！"

（整个幼儿园都知道乖淘是又又的姐姐，又又这样的表现会让乖淘好没面子。）

最后，乖淘总结……"他没钱！"

妈妈把又又叫过来盘查："又又，你没钱为啥还去乖淘班里晃荡？"
他一副打酱油的表情说："我就是去看看。"

"那你为什么不去赚钱呢？"
"当保安的太多了！"

"那你干点别的什么事情赚钱吧？"
这时，又又神秘兮兮地凑过来，偷偷地告诉我们：

"你们知道吗？……我们班上的××偷偷去银行拿钱，被！发！现！了！"（又又幼儿园的三楼有个假的工商银行、就在乖淘班的隔壁。）

Oh my God！！！
乖淘听了倒抽一口冷气！
再看又又，顿时觉得顺眼多了！

● 爱你爱我

"妈妈我爱你！"

这话说完不到一秒钟，又又担心自己吃亏，赶紧又说：

"但是你不能不爱我呀！"

又又今晚抱着妈妈说："我爱你，妈妈！"

然后画风一转："妈妈，我实在是太爱你了，爱得你都受不了我了，对吧？"

⊕ 这是我弟弟

哥哥的这个同学敏哲，特别喜欢双小弟。

每次看见双双，他都开心极了，又是抱又是亲，简直不知道怎么喜欢才好！

终于，今天他说："这是我弟弟！"

又又说："不，这是我弟弟！"

于是，又又妈妈问了他一个问题："你这个弟弟他叫什么名字啊？"

这位冒牌小哥一下就被难倒了！

他想了半天，最后吞吞吐吐说的是他自己的名字！

哈哈哈哈哈！

后面是一条死胡同，

◑ 整个幼儿园都想我了

又又受伤在家待了差不多一周。

今天去上学，回来告诉我们说："整个幼儿园都想我了！"

❷ 最漂亮的人

连双双都知道，他哥哥喜欢的那个小姑娘名字叫"威妮"。

又又昨天躺在床上无端感叹道："妈妈，你是我们家最漂亮的人！"

两秒钟之后，他快速更新了这句话："妈妈和威妮都是最漂亮的人！"

⚫ 四个梦

爸爸昨晚做了一个梦，梦见自己回到小时候的宅子里与怪蛇做斗争。

在梦里他也还是爸爸，保护又又和双双。

说来也巧，妈妈也做梦了。

妈妈梦见给又又清理鼻涕，结果拖出来这么长、这么长的一条。

又又则把头埋在枕头里，说："我刚刚也做梦了！我梦见我在吃巧克力！爸爸妈妈都同意我吃巧克力！我们老师也都说我可以吃这种巧克力！因为……这是儿童巧克力！"

爸爸妈妈平时不许他吃巧克力，于是这个梦甜美得他都不好意思说，所以要把脑袋埋在枕头里。

小宅呢？双双也做梦了吗？

"吃妈妈。"一个声音奶声奶气地说。

又又飞快地翻译："噢！弟弟梦见吃妈妈的奶了！"

◪ 原来

今天洗澡的时候，又又忽然宣布他的惊人发现：
"原来我的腿是连接在我屁股上的！哈哈！哈哈哈哈！"

⚅ 站起来了

去医院拆线回来的路上，车上空调忽然不制冷了，
我们急忙就近找了个 4s 店检查。

隔着玻璃，车间里有一个升高的车，又又却并不感
兴趣。

他感兴趣的是另一个支着前盖的车。

又又问："为什么他们要把那个车竖起来？"

从他的角度观察，这个车就是"站起来了"。

第一次发现车前盖原来是能掀开的，又又真的很
吃惊！

❽ 爸爸小时候

又又听说了爸爸小时候的事……震惊了！

他无论如何也想象不到这世上居然有个小孩既没有幼儿园，也没有玩具，也没有零食吃……并且这个小孩就是他的爸爸！

幼小的心灵受到了巨大冲击。

"爸爸，你小时候为什么就没有玩具也没有冰激凌啊？"

"爸爸家里没有钱。"

"我有钱。爸爸，要是可以把我的钱送给你的小时候就好了！"

"可以的可以的，你愿意送吗？"

"愿意！"

"而且，我还想送给你十本书！"

爸爸开着车，听见后座上的又又的话，内心震动，车都开不稳了。

过了许多天。

又又整理出来他的书（主要是小时候的书，《妈妈和我玩皮球》等等）：

"爸爸，这是送给你的书。"

"送给我？"爸爸已经忘记了。

"是啊，送到你小时候的家里去！"

"噢噢，"爸爸想起来了，"让爸爸想一想，怎么才能送到爸爸小时候的家里去。"

"你让妈妈把你吃到肚子里，然后再生出来，不就行了吗？"

● 小溪和大海

又又说："小溪的爸爸妈妈是大海。"

爸爸纠正他："小溪的爸爸妈妈是河流，河流的爸爸妈妈是大海。"

妈妈纠正他们俩："大海的爸爸妈妈是河流，河流的爸爸妈妈是小溪。"

在长长的、长长的历史河流中，孩子越长越大，终归要超越爸爸妈妈，变得比爸爸妈妈还要大。

◉ 拿刀来!

兄弟之间一言不合，又又不干了。

又又气愤地说："我要杀了弟弟!"

双双应声大叫："拿个小刀来!"

又又气坏了，大喊大叫要无赖："爸爸! 妈妈! 弟弟他想杀我!"

爸爸妈妈批评他："弟弟可没这么说!"

又又顿脚使劲喊："他说了! 他说了! 他刚刚说要拿刀来杀我!"

双双复读机模式在狂喊："拿刀来! 拿刀来! 拿刀来! 拿刀来……"

"你拿刀来做什么?"

"我要杀了哥哥!"

☁ 新内裤

昨天，又又穿了一条新的"麦坤"小内裤，全家都对这新内裤赞不绝口。

双小宝忽然就开口索要："哥哥，送给我好吗！"
(他已经知道自己好多衣服都是哥哥送给他的……但是妈妈没想到他连内裤也想要！)

于是妈妈说："又又，你省着点儿穿，等弟弟长大，这条内裤弟弟还想穿。"

又又说："好！"

根本就没等到长大！

今天一大早，妈妈就发现，双双已经套上了这条小内裤，得意地在家走来走去。内裤大得随时会掉下来，连尿布都拉不住。

今天下午。

又又玩的时候忽然尿急，尿湿了裤子。

不知道怎么搞的，这条麦坤小内裤又神奇地回到了又又身上。

五岁的哥哥和两岁的弟弟，现在已经知道要共穿一条裤子了。

● 带好别人的老婆

又又播报："各位乘客请注意，D3201 次列车即将出站了，请带好别人的老婆抓紧时间上车，车厢内禁止抽烟，谢谢！"

妈妈问为什么要"带好别人的老婆"？

又又的解释："自己的老婆就在旁边，而别人的老婆找不到她的主人了。"

严重怀疑他是不是真的知道"老婆"是什么意思！

◉ 知了

双小宝说："响！"

妈妈肯定地说："对，树上响！"

又又本来跑在前面去追爸爸，听见了返身又跑回来，

告诉弟弟："这是知了！"

并且学着知了的声音说："知了！知了！知了！"

从此，双小宝知了"知了"。

◉ 纱布瘾

双小宝玩水枪，把手指划破了。

爸爸拿出个创可贴（还是个"有动物的"创可贴）给他贴上。

过了两天，手指已经好了，双小宝还要求贴创可贴。不给他贴，他就假装受伤了，哭声震天地四处找医生、找医药箱、找创可贴要求贴。动物创可贴用完了，又贴纱布，贴了左手还不行，没有受伤的右手也要贴。

一连贴了好几天，一天要换纱布好几次。

双小宝的纱布瘾没完没了，全家不堪其扰。

最后，是爸爸威胁他，贴着纱布就不可以用手拿着零食吃！

零食和纱布二选一 —— 谢天谢地，今天终于同意去掉纱布了！

⚈ 这个蘑菇有毒

在等待洗澡的空隙里，哥俩合伙从书架上搬下来一本厚厚的大书。

又又大字不识，却能给双双讲书："这个蘑菇有毒……这个蘑菇没有毒……这个蘑菇有毒……这个蘑菇没有毒……这个蘑菇有毒……这个蘑菇没有毒……这个蘑菇有毒……这个蘑菇没有毒……"

双双说："我不敢吃。"

⑩ 这个爷爷太调皮了

今晚。

双小宝气鼓鼓地说："爷爷太调皮了！"

然后，他特意又强调，说："这个爷爷太调皮了！"

◉ 小文盲

刚才又又擎了这支签（上面写着"今日花开又一年"）过来，说："妈妈，这是我最爱的一根签！"

"为什么呢？"

"因为这根签子上的字我认识最多！"

"你说说看！"

"又一年……今、日！"（"花""开"两个字他认不出来。）

啊，又又认识的字越来越多，他已经不再是小文盲了。

妈妈特别珍惜又又当小文盲的这段时光。

在现代社会里，一个人不识字的阶段只有短短数年，太短了。

而这段完全依赖人类直觉与感官的时光无论多么宝贵……终将一去不复返。

☰ 爸爸的老朋友

羊群过马路，乡下的大堵车。

又又坐在后座上感叹："哇！爸爸的老朋友今天可真多啊！"（爸爸属羊，"羊"在我们家称为"爸爸的老朋友"。）

等待羊过大马路的间隙，爸爸问了后座上的又又一个问题："你觉得妈妈是爸爸的老朋友吗？"

◉ 人死了都去哪里

今晚，躺在床上。

又又在黑暗里问："妈妈，人死了都去哪里了？"

"另一个世界。"禁忌话题终于来了，妈妈想。

"那是另一个地球吗？"

"嗯……算是吧！"

"那就有两个地球了？！"

"噢，也不是那样的。"

然后，又又毛茸茸的小脑袋扎过来了："妈妈，你可不可以不死，一直陪着我……我不想让你死。"

妈妈心里动了动，说："可是，每个人都会死的啊。不过呢，就算妈妈死了，妈妈也能一直陪着你。"

"那你都死了，还怎么陪我呀？"

"就算妈妈死了，妈妈对你说的那些话还在呀，妈妈给你做的那些事你还会记得，对不对？你有这么多的照片，有这么多的视频，而且你也能经常想起妈妈，对不对？"

"那我想和你一起死，妈妈。"

"傻瓜，我的又又会活到老得不能再老的时候才死呢。妈妈也会活到老得不能再老的时候才死呀！"

"可是妈妈，我想要你变小，变得跟我一样，这样你就能陪着我一起长大了。"

❀ 又又的梦想

又又的梦想是成为一名宇航员。

他有了梦想，于是这段时间里，就动不动跑去问别人："你的梦想是什么？"

刚刚他又让妈妈猜他"最好的梦想"是什么。

"难道不是宇航员吗？"

"不是，"又又用手比划了一个很大的梦想出来，"我的最好的梦想是有一个大盘子，里面是一座饭团山，山上插着一根果丹皮，然后铺满蛋白奶酪！"

一分钟前，他让奶奶给他煮面条。

梦想忽然地改变了方向……因为他饿了！

各种梦想千奇百怪

⚫ 再来一个

又又很狼狈地摔了一跤，鼻子也疼嘴巴也疼，哭得龇牙咧嘴。

双双乐不可支，在旁边说："再来一个！我想让哥哥再玩一个！"

❶ 一个妈妈不够用

妈妈朝右边，又又不干。

妈妈朝左边，双双不干。

妈妈哪边都不朝，仰面朝天，哥俩一起不干。

又又生气地说："妈妈，你都没有陪着我！"

"怎么没有陪着你呀？你都睡在妈妈旁边了，我们俩都紧紧地挨着了！"

"你都没有面朝我这一边，你就是没有陪我！哼！"

双双也赶紧跟风："哼！"

一个妈妈真的不够用了。

⑩ 冥王星

又又认为太阳系还是九大行星比较合理。

"还有冥王星!" 又又补充道,"我觉得它也应该算进去! ……虽然它太小了,就像我弟弟,它也应该算!"

❶ 西瓜小人

"西瓜里面是西瓜小人，西瓜小人就是西瓜籽呀！"
又又说。

⊕ 妈妈你的胳膊还疼吗

又义问："妈妈，你的胳膊还疼吗？"

双宝赶紧跟着问："妈妈，你的胳膊还疼吗？"

又又接着问："妈妈，你腿还疼吗？"

双宝继续跟着学："妈妈，你腿还疼吗？"

哥俩轮流关心妈妈扭伤胳膊和摔伤腿的同时——

一个非得要妈妈抱，一个使劲踩妈妈腿！

⑥ 捣蛋鬼狐狸

"我会让你尝尝我的厉害！"然后他打了弟弟的头。

双小宝尝到了他哥哥的厉害，立刻抱头痛哭，四处找人告状。

又又特别生气，因为弟弟在他的作业本上乱写乱画，还把他搭好的积木推倒，还挡道，还告状。

他给弟弟取了个外号叫"捣蛋鬼狐狸"。

他告诉妈妈："我一看见弟弟我就想哭！因为弟弟他老跟我捣乱！"

又又在幼儿园学了拼音，回家卖力写作业，还给弟弟布置了很多作业。两岁的弟弟根本就不会写作业。

这个弟弟他特别没用，随便一推就推倒了，随便一打他就哇哇哭，而最坏的是，弟弟居然学会了说："我不是捣蛋鬼，哥哥才是捣蛋鬼！"

◉ 牛妈妈（番外）

三岁的又又对他的"牛妈妈"坚信不疑。

四岁的又又问："……我的牛妈妈是真的吧？"

五岁的又又说："弟弟，只要你不跟我捣乱，牛妈妈就还会给我们寄好吃的！"

∞装"黄"子

这个月全家进入装修模式。

连双双都知道我们每天出门去装"黄"子。

要出门的时候，双宝就追在屁股后面大声叮嘱："爸爸妈妈要给小宝装一个好黄子！千万不要装一个破黄子！"

于是当我们灰头土脸在路上奔跑的时候，心里一想到那个想要住好"黄"子的小家伙，就更加卖力地跑去那个四十公里外的——家。

这一次的房子里，我们要把又又和双双都放进来，他们将来要在这个好"黄"子里玩玩具、吃饭、洗澡、写作业。

一贯马大哈的妈妈戴着眼镜认真看图纸、核尺寸。

而爸爸呢，每天钻胡同练成了胡同停车专业八级。

妈妈的西班牙语课也停了，请了一个月的长假。

爸爸把一万件事都往后推。

双宝说，新"黄"子里要有许多许多的玩具，和许多许多的零食。

又又靠谱得多，他叮嘱我们，房子里要有窗户，还要有桌子和椅子，还要有浴缸和锅。

真好啊!

❶ 我是好人

今晚，两岁的双双睡不着，躺在床上自己嘟哝："妈妈，我是好人。"

妈妈说："知道了。"

过了一会儿，他又说："妈妈，小宝是好人。"

妈妈说："嗯嗯，小宝是好人。"

又过了一会儿，他第三遍说："妈妈，我真的是好人呀。"

然后，这个好人就睡着了。

❶ 都怪刘老师

这段时间不知怎么回事，两岁的双宝忽然就自以为上幼儿园了，他自认为自己在小班，而且老师都定好了……就是哥哥原来班里的那个"刘老师"。

他动不动就说"我们幼儿园"。
看见稀罕一点的东西：
"我们幼儿园也有！"
"我们幼儿园可多啦！"
可他其实天天宅在家里。

吃饭烫了，双宝说"都怪刘老师"；走路摔跤了，他爬起来说"都怪刘老师"；玩玩具玩不好了，要发一通脾气，然后还是"怪刘老师"。总之呢……在幼儿园毫不知情的那个刘老师，每天都在替又又的弟弟背锅，一天不知道打多少个喷嚏。

✿ 最好的礼物

又又紧紧地抱着妈妈："妈妈，我想刘老师了。我不想要她走。"

"你们大班的老师难道不好吗？"

"她们也挺好的。……可是，我想刘老师了。"

之前，又又是这么告诉妈妈的："我觉得刘老师喜欢我。她是偷偷地喜欢我，她就是不告诉我。"

这个"暗恋"他的刘老师，还留在原地带新的中班，而又又中班已经搬到楼上，变成了大班。

从 Baby 班到小班再到中班，刘老师一直带又又班级带了三年。她很年轻，爱孩子，不卑不亢很有风度，并不总是迎合家长（我特别欣赏她这一点），在幼儿园是很普通、很普通的一个老师，心地却善良得闪闪发亮。这样的一个老师，和孩子们建立了深厚的感情，孩子们有什么事情都愿意告诉刘老师。

通知调班的那天，刘老师微笑着通知家长，我看见她眼眶红红的，眼泪随时都要掉下来。

隔天，刘老师上楼去送东西，被班里的小朋友团团围住，拦住门不让她走。小朋友们气愤地质问她："你怎么不到楼上来？"

"我的腿受伤了，爬不了楼……你们看！"刘老师指着膝盖上的红颜料给他们看。

小朋友们纷纷不买账："这是红颜料！你骗人！你这个大骗子！再也不跟你好了！哼！"

刘老师跟我讲这个故事的时候，眼眶又是红红的。

楼上又又班的小朋友放了学，成群结队地来原来的班级找刘老师，又要亲又要抱。我站在教室门口一小会儿，已经来过三拨儿了。

真的是很伤感啊。
可是，这就是成长。

刘老师亮闪闪的眼睛，我想，就是这三年里又又从幼儿园得到的最好的礼物。

⊕ 我讨厌上小学

前天早上，妈妈送五岁的又又去幼儿园。

他忽然说："妈妈，我讨厌上小学！"

"为什么呢？"

又又没有直接回答，却更加大声地说："我讨厌上小学！我不想上小学，也不想上中学，也不想上大学！我特别不喜欢上小学一年级！"

"那你说说，怎么就特别不喜欢小学一年级呢？"

"教小学一年级的老师可凶可凶了！我害怕小学老师！"对小学生活一无所知的又又忽然这么说，而他明年这个时候才上小学。

"噢？真的吗？"妈妈奇怪地问，"那你们幼儿园的老师凶不凶？"

"不凶。我们幼儿园的老师可好了，我想一直都待在幼儿园，不想上小学，也不想上中学，也不想上大学。"

于是妈妈明白了，又又还有点儿分离焦虑（他们升班刚换了老师）呀……他害怕再一次的分离，这就是为什么他想象出来一个"可怕的"小学，尤其是"可怕的"小学一年级。

升了班换了老师，他们班许多孩子，放了学还去原来的教室找原来的老师，要亲亲，要抱抱，告状，求表扬，以及偷偷摸摸地要东西吃……

● 刘老师，马老师，唐老师，萌萌老师……

孩子们都好喜欢刘老师！

跟她在一起，孩子们什么话都可以说！

刘老师出去培训，一连好几天没来上班。孩子们就生气了，等她回来要问她："你为什么不来好好上班了？你肯定是出去玩了！哼！"

刘老师要去参加考试，一帮四岁的小孩追在屁股后面鼓励："刘老师啊，你要好好考啊，你必须打一百分！"

"不打一百分你干脆就别回来了！"其中一个小孩补充道。

这个刘老师把孩子们哄得团团转。班里的小孩兴高采烈地搬桌子搬椅子，兴高采烈地抢着干活。

孩子们有的不想吃饭，有的不想睡觉，一会儿高兴一会儿生气，但是班里每一个小朋友都愿意把许多许多许多小秘密告诉她。

在孩子们面前，刘老师的秘密也藏不住！

小女孩都学着刘老师的样子想当老师，说话的神气简直学得一模一样。

又又呢，在火车经过石家庄的时候，会自豪地说他知道石家庄，"那是刘老师的老家！"说得比自己的老家还亲切的样子！

又又第一次去铁道博物馆，从博物馆出来就是正阳门，他就假装对前门地区很熟悉："刘老师家就住在这里！就在天安门旁边，走路就到了！"

又又常常吹牛说隔壁班的马老师喜欢自己："我们幼儿园马老师最漂亮了！马老师最喜欢我了！"

没过几天他就转了风向："我真的好喜欢唐老师！唐老师在我们幼儿园最漂亮！"唐老师也不是他们班的老师，也确实很漂亮，漂亮得又又都想给她安个头衔："在我们幼儿园，唐老师差一点点就能当园长了！"

他从来没觉得刘老师、苏珊老师、玲达老师和萌萌老师这些"自己班"的老师有什么稀奇，或者有什么过人之处。

五岁的又又搂着刘老师的脖子，甜言蜜语地说"刘老师，我爱你"，然后转身跑开就忘记了。

又又不知道"刘老师，我爱你"的真正含义，就好

像他说不清楚为什么不想去上小学一年级……等到
明年的这个时候，他已经坐在小学教室里，可能就
已经真的忘记了。

而爱，一直都陪着他。
躲藏在一个他看不见的什么地方。

就好像 Ana 老师那天说的那样："哈哈，小又又肯定
已经不记得我啦！不过呢，我可是一直都记着他这
个小可爱呢！"

❶ 最热爱写作业的人

今天，又又实在忍不住，感叹道："作业，太不够我写了！"

然后他发明了一个新方法：把今天写过的最后两行拼音，用橡皮擦掉，好让明天可以继续写，再写一遍……他太爱写作业了！

五岁的又又酷爱写作业，这是妈妈见过的最热爱写作业的人……没有之一。

每天放了学回来，他第一件事情就是跳到椅子上去写！作！业！

又又太爱写作业了，根本就停不下来！

奶奶喊他："又又，过来吃饭了！"

他就好像没听见一样。

有的时候，无论如何都写不好，他就会跟"作业"生气，把笔扔到地上，大喊大叫乱发一通脾气。而爸爸就负责做又又的思想工作，像唐僧一样反复劝他："写不好没关系，作业嘛，写不好真的没关系……"

每次放长假，又又总是一口气就把作业全部写完。

除了写老师布置的作业，他还给自己胡乱布置一堆作业，统统写到A4纸上，一写一大摞，A4纸很快就不够用了。

他央求妈妈给他买田字格本和拼音本，这样他就能让"假作业"（自己给自己布置的）看起来更像是"真作业"（幼儿园布置的）。

马大哈妈妈总是忘记这件事（妈妈还总是忘记给他

买铅笔）——于是，又又永远只能在 A4 纸上写他的"假作业"。虽然是"假作业"，他也要一丝不苟地在 A4 纸上先画出来田字格和四线格，然后再往格子里填汉字和拼音。

那天，又又跟着爸爸步行去很远的地方寻找"废弃了的铁路"，回来的路上，他居然捡到了一个田字格本！也不知道是哪个小朋友掉在路上的，总之天上掉下一个大馅饼！由于爸爸和妈妈从来没有教育他"交到警察叔叔手里边"，所以呢，又又拿着捡来的田字格本回了家，眉开眼笑地说："今天运气怎么这么好！"

捡到了一个作业本，这是他上上个月最高兴的一件事！

"爸爸，你能给我一个猫写本吗？"

"什么什么？"正在新房子里弄装修的爸爸接到又又的电话，完全听不懂。

"爸爸，你能同意我在猫写本上写字吗？"又又重复了好几遍，爸爸都听不清。

灰头土脸的爸爸在工地巨大的电钻声里，费了好半天劲才弄明白，那个"猫写本"就是"描写本"……又又不认识字，只能读半边。

于是，又又有了一个"猫写本"。

并且，很快地，"猫写本"从头到尾全部写满了。

作业太多了就是灾难！

家里文山牍海的后果就是 A4 纸根本不够用了！

又又不光是自己狂写作业，他还给弟弟布置了许多作业。

可是两岁的弟弟根本就不会写他的作业。

又又给爸爸妈妈也布置了一堆作业。

两个灰头土脸满身疲惫的夜归人，回到家还要面对厚厚一摞 A4 纸的作业……这种心情简直难以形容！

爸爸还耐着性子写又又的作业。

妈妈硬着头皮写了两张……发现正面写完居然还有背面，拼音写完还有数学，写完两张还有第三张第四张在后面等着……妈妈真的崩溃了！

"我不写了！"妈妈把笔一扔，拒绝再写任何又又布置的作业。

"妈妈，你必须得写作业！"又又的语气不容置疑。

"不行，这不是妈妈的作业！"

"妈妈，叮是，这就是你的作业啊！"又又看了看爸爸，意思是"你看，爸爸都写作业了，妈妈你也得写"。

"这不是妈妈的作业！"妈妈冷静地回答道，"妈妈的这份作业，在妈妈小的时候，在妈妈的幼儿园已经写过了！"

"是真的吗？"又又怀疑地问。

"那当然，妈妈小时候在幼儿园也学过拼音的，"妈妈机智地补充道，"对了，也学了数学！嗯……你学过的这些，妈妈小时候在妈妈的幼儿园都已经写过作业了！总之呢，妈妈的那份作业已经写过了，不用再写了！"

"那好吧，妈妈，你可以不用写作业了！"

唉，又又拿这个不写作业的妈妈，一点办法都没有。

◎ 疯狂写作业的人

雾霾天，一个疯狂写作业的人！

他给自己布置了一堆作业，完全不知道要写到什么时候才能停。

喊他吃饭就像没听见一样，喊他洗澡就像没听见一样，喊他别写了就像没听见一样……

今天是又又特别高兴的一天。

新买的二十个作业本送来了，他要把所有的拼音本、英语本和田字格本统统写一遍。

……据说今天他还给弟弟上课了。

可是弟弟根本就听不懂哥哥老师讲的汉语拼音，也不会回答哥哥老师的提问。最后又又无奈地说："好吧，弟弟你就不用回答问题了，你站起来行个礼就行了！"

弟弟高兴地站起来，行了个礼。

这样，就下课了。

ⓐ 我是写作业大王！

写作业大王在写作业。

他得意地说："对，妈妈，我就是写作业大王！我弟弟是……写作业小王！"

⚫ 互相看不顺眼

哥俩互相看不顺眼。

晚上，又又躺在床上，假装自己是一只小企鹅。

他说："企鹅妈妈，我爱你！"

向妈妈表完忠心，顺便也向爸爸以及爷爷奶奶表个

忠心："我也爱我的企鹅爸爸！我也爱企鹅爷爷和企

鹅奶奶！"

然后不忘猛踩弟弟："我就是不爱我的企鹅弟弟！"

"你为什么就不爱你的企鹅弟弟呢？"

"我的企鹅弟弟他就只会捣乱！所——以——我就不

爱我的企鹅弟弟！"

说完，他还补个重点强调："根本就不爱！"

白天呢，哥哥不在家，双小宝就趁机说哥哥的坏话。

他是这么说的："妈妈，我们家有一个小偷！"

妈妈吓了一跳，赶紧问："小偷在哪？"

双小宝得意地眨眨眼睛，说："小偷他不在家，小偷他上学去了！"

然后他生怕妈妈听不明白，赶紧补上一刀："妈妈，你知道这个小偷是谁吗？小偷呀，他就是我哥哥！"

"那，你哥都偷什么东西啦？"

"他偷走我的乐高了！"

弟弟要被冻结15秒

◉ 我就是会飞

"我们班的匀熹和小苹果会飞！"

妈妈觉得奇怪："她们怎么就会飞呢？"

又又得意地说："她们俩演精灵！"

(下周就是圣诞演出，整个幼儿园都在紧锣密鼓地排练节目，这是他们现在最最重要的事。)

双小宝忽然醒了，闭着眼睛就开始吹牛："我也会飞！妈妈，我也会飞！哥哥，我也会飞！"

妈妈说："弟弟，你不会飞！"

又又也说："弟弟，你不会飞！"

双小宝说："我会飞！我真的会飞！"

又又说："你不会飞！你就是不会飞！"

"我会飞！"

"你不会飞！"

"我会飞！"

"你不会飞！"

十个回合以后——

"我会飞！"

"你不会飞！……弟弟，你都没有翅膀，你怎么飞？"

"我有翅膀！我真的有翅膀！"

"那你翅膀在哪里？拿出来看看！"

弟弟拿不出翅膀，眼看这个回合就要输给哥哥，立马就不干了，开始乱喊乱叫："我会飞！我真的会飞！我会飞！我真的会飞！"

说着说着，还哭起来了。

又又拿他这个闹腾的弟弟真的是没办法，叹了一口气说："好吧好吧，你会飞！弟弟你会飞！别哭了！"

双小宝赢了。

✿ 我的鞋子有点重

鞋小了，有点紧。

双宝不知道怎么形容这种感受，他说："妈妈，我的鞋子有点重！"

❽ 我想当电工

妈妈一到家，双小宝就扑上来，殷切地问："妈妈，你是电工吗？"

"妈妈不是电工。"

双小宝有点失望。然而他并不死心："那，爸爸是电工吗？"

"爸爸也不是电工。"

双小宝继续追问："那爷爷奶奶呢？爷爷奶奶是电工吗？"

"爷爷奶奶也不是电工。"

双小宝好失望啊！他用激将法，说："我们家真的有一个电工！……他是谁？"

没有人回答。

最后，双小宝自告奋勇："我想当电工！"

⬤ 超级月亮

　　在这样的月夜里，双小宝说：

　　"爸爸，你就是我们家的超级月亮呀！"

　　在这样的月夜里，真浪漫啊！

❶ 圣诞演出

今天是一年当中幼儿园最重要的日子……圣诞演出，主题是"绿野仙踪"。（"绿野山踪！"又又纠正道。）

整个幼儿园为这一天已经忙碌很久了。

第一年，三岁又又跟全班小朋友当花朵群演。

第二年，四岁又又演红、黄、蓝、绿四个蘑菇中的蓝蘑菇。

第三年，也就是今年，五岁又又终于迎来了重要戏份 —— 演一棵苹果树！这棵苹果树还有两句台词呢！

放学回家，有时候他也跟我们剧透一点点，什么稻草人啊，狮子啊，精灵啊，铁皮人啊之类的。

"铁皮人他有没有灵魂？"又又问。

"你为什么要拿走不属于你的东西？"又又洗澡的时候在浴缸里用英语冲他弟弟大喊。这是他演苹果树的台词。
另一句台词是："我生气了！哼！"
弟弟学他的台词简直一模一样。

这是我们家最重要的一天：
今天下午，爸爸妈妈不装修，我们要带着弟弟一起去看哥哥的重要演出——充！满！期！待！

2

又又六岁

1

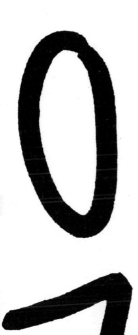

🏵 双双三岁

每一天，每一秒，

真正的小男孩在真正地长大。

那些已经长大了的人，

还能继续再长吗？还能继续长到多大？

成长如此令人神往，成长又如此惊心动魄！

就连那个木头脑袋的匹诺曹，历经千辛万苦，

也想要变成一个真正的，活生生的，

有血有肉的……人。

所有的木头脑袋，

以及所有的稻草人、铁皮人和胆小狮子，

最后都能找到自己的力量继续成长！

童话里的故事，
倒映在时间的河流里，
是人世间真实的倒影。

◐ 我最爱的男人

昨天早晨，妈妈是被 只胳膊弄醒的。

那只小胳膊揽住妈妈的脖子，然后一段甜言蜜语传
到耳朵里："妈妈，我最喜欢的人就是你啊！"

啊！这是又又！

而双宝看见妈妈醒了，立即滚到妈妈的胳膊弯里，
摇着尾巴说："妈妈我爱你！"

妈妈甜滋滋地告诉爸爸，爸爸嫉妒得眼睛都绿了！

今天早晨。

爸爸神秘兮兮地说："你猜，又又今早醒来跟我说
啥了！"

妈妈当然不知道。

爸爸神气地一挥手：“又又，你把今天早上跟爸爸说的话再对妈妈说一遍吧！”

又又应声回答：“我最爱的男人就是爸爸！”

◉ 哥哥打我了！

一进家门，就听见双宝的哭声震天价响。

双宝听见门口动静，知道爸爸妈妈回来了，哭声更加震天。这哭声连起来一共是五个字："哥……哥……打……我……了……"

"哥哥怎么打你了？"

"哥哥使劲打我了！"

他把"使劲"两个字说得特别使劲！

"那哥哥为什么打你？"

"因为我使劲打他了！"

双宝毫不掩饰地说明挨打原因。

又又一直不吭声，这会儿才跳出来急急辩解：

"是弟弟先打我的！是弟弟先打我的！弟弟他使劲打

我了！"

奶奶也赶紧站出来作证："小宝把又又打得没地
儿躲。"

然后又又说明了刚刚发生的事情："弟弟他使劲挤
我，挤得我都没位置了！……弟弟还使劲打我！"
双宝一副理直气壮的样子，还在继续上演震天哭：
"哥哥打我了！哥哥打我了！哥哥打我了！"
他一边哭一边指着哥哥，想让爸爸妈妈爷爷奶奶都
来帮他教训哥哥。

感冒的妈妈吸着鼻子，告诉他："小宝，你不可以打
哥哥！……你根本打不过你哥哥……"
后面那半句"哥哥不打你就不错了"还没说出来，

双小宝立即跳起来表示不服："我打得过哥哥！我打得过哥哥！"

妈妈只好宣判："总之，你不可以打哥哥！"

然后，为了公平一点，妈妈补充："哥哥也不可以打弟弟。"

为了更公平一点，妈妈又补充："弟弟做错了，哥哥可以批评弟弟，但是不能打弟弟呀。"

又又一听说"哥哥可以批评弟弟"，简直说到他心坎上了，赶紧点头。

双宝却丝毫不肯吃亏："哥哥做错了，我也批评哥哥！"

妈妈摇摇头，说："不对！弟弟不能批评哥哥。哥哥要是做错了，爸爸妈妈会批评哥哥。"

"爸爸妈妈就会批评哥哥。"双宝故意大声地重复了一遍，就好像爸爸妈妈已经批评了哥哥一样。

我一直是一个淘气的孩子，而且还老是被弟弟打的大叫

☻ 新规定

刚刚又又宣布一条新规定：

"大的吃大的，小的吃小的！"（食物）

不到两秒钟，又宣布一条补充规定：

"大的喝多多，小的喝少少！"（饮料）

张双宝是小的，当然不满，可他又不敢违反他哥
哥的规定。他抱着奶瓶想了想，继而跳起来宣布：

"我！就！是！大！的！"

又又没想到他的这个跟屁虫弟弟居然会跟他充大，赶
紧跳出来摁住："弟弟，你是小的！我才是大的！"

弟弟："我就是大的！"

哥哥："你就是小的！"

斗嘴。几十个回合。

又又开始耐住性子引导："弟弟，你是不是觉得你都已经长大了，长得都比我还大了呀？"

"是！"双宝一贯在家自诩"已经是大宝宝了"。

又又一看弟弟跟着走，继续引导："可是弟弟，就算你已经长大了，那你也还是没有我大！"

弟弟抱着奶瓶看向哥哥。

"……你看，你都没有我高！"又又有力地补充道，用手在头顶上来回比划。

双宝一看自己确实没有哥哥高，立马就乖乖不吭气了。

又又取得了最后的胜利。

他最后宣布："我就是大的！你就是小的！"

新规定顺利颁布。

❶ 我害怕

又又一圈又一圈地从花坛往下跳，每次跳之前还不
忘白吹自擂：

"弟弟！你看我有多勇敢！"

他还一个劲地怂恿弟弟跟他一起跳。

"弟弟！你也来跳吧！

"弟弟！这一点也不高！

"真好玩，真的，我不骗你！"

双双看了又看，说："我害怕。"

又又继续没完没了地撺掇。

双双想了想，说："可我还是害怕呀！"

❸ 一起去打鬼主意

又又使劲一吆喝："弟弟，走，我们一起去打鬼主意吧！"

弟弟大声说："好！"

虽然他不知道什么是"鬼主意"，却兴高采烈地跟着哥哥走了。

⓮ 当老师

又又热衷于当老师。

他只能招到两个学生，一个是奶奶，一个是弟弟。

奶奶虽然会做饭，可是学习成绩不太好，又又刚刚
教会的拼音，一会儿再考就……忘光了！

奶奶不识字，也不想学识字，她对又又说："奶奶老
了，识字已经没有用了。"

又又可不管这些，他没完没了地拉着奶奶学，学完
了还自己出题考试。

奶奶的试卷上被又又打叉，评分是 A－。（A－ 算是
最低分了，又又在幼儿园没有见过比 A－ 更低的
分数。）

奶奶交了卷就高高兴兴去做饭去看电视了，并不觉
得打 A－ 有什么丢人的。

可弟弟就完全不一样了，弟弟他什么都想学！

哥哥打跆拳道，他就打山寨跆拳道。

哥哥下围棋，他就屁颠屁颠捡围棋。

哥哥唱 Five Little Ducks，双宝也唱 Five Little Ducks，唱得跟他哥哥一模一样。

双宝唱"Mummy duck says QUACK, QUACK, QUACK, for all little ducks come back！"每次唱到这里，他都要停一停，翻译一下："鸭妈妈一叫，小鸭子就都回来了！"

……不用说，翻译也是哥哥教的。

又又上课是严肃认真的。

小黑板就是教室，又又写作业的小桌子和小椅子拿来当课桌椅。

上课前要起立喊"老师好"，又又说"坐下"才可以坐下，并且坐下去要"坐如钟"，这样才"坐姿优美"。(幼儿园要求小朋友们"坐姿优美"，又又学了回来要求我们全家都要"坐姿优美"，谁不"优美"就会被又又批评。)

又又把幼儿园学到的二手知识统统贩回来，一股脑儿地倒给他弟弟。

知识的力量十分惊人！

比方说，喝汤的时候，双宝忽然说："《小池》，宋代诗人杨万里。"

洗澡时，他拿个空瓶子一玩半个小时，喊他快点上岸，他却说："啊，等等，我还在做科学实验呢！"

虽然经常犯一些"3+5=7""2+2=10"之类的低级错误，可是双宝会说一些"单韵母""双韵母""整体认读音节"之类完全不知所云的高级词汇来弥补。

只给幼儿园交一份学费，却平白无故地学了两个娃，当然是赚了。

早知道……就生三个娃！

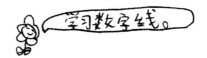

● 几个妈妈

以义又的数学水平，已经能熟练运算 20 以内加减法。

可是昨天，洗澡的时候，他一不小心被爸爸考倒了！

爸爸问得非常小儿科："又又，你有几个妈妈？"

"一个！"这么简单的问题，又又想都不用想。

"那么，弟弟呢？弟弟有几个妈妈？"

"也是一个！"

爸爸问的问题太白痴，又又有点不满了。

"好，那你算算，你的一个妈妈，加上弟弟的一个妈妈，一共是几个妈妈？"

这一回……又又死机了。

● 窗户上的手

"那个窗户上面白色的手，是什么？"双小宝已经疑惑很久了。

"别碰！那是妖怪的手！"又又使劲吓唬他弟弟。

双宝真的很害怕呀，他离那"妖怪的手"远远的，哥哥敢靠近，他不敢靠近。

可是那个"妖怪的手"到处都有，每个窗户上都有！

双宝跑来问妈妈："妈妈，那是什么？"

妈妈解释说，那个是窗户的护角，用来保护小孩不被磕到的。

"这原来是窗户的护角啊！"

双宝让妈妈确认了又确认，这是窗户的护角，跑开了。

过了两天，他好像又忘记了，又跑过来指了指窗户：
"妈妈，那是什么？"
"是窗户的护角啊……你忘啦？"
"难道不是妖怪的手？"双宝锲而不舍地问。
"当然不是啦！"妈妈再三保证这是窗户的护角，然后安抚他，"小宝害怕它对不对？它真的就是窗户的护角啊，不是什么妖怪的手。"

过了两大，他好像又忘记了，又跑过来问："妈妈，那个窗户上的手，是什么？"
"窗户的护角啊！"妈妈快崩溃了，"不是妖怪的手！想起来了吗？是窗户的护角！"
"可是……可是……那难道不是一个鬼的手？"双宝认真地说。

妈妈敢打包票！……这小子又被他那使坏的哥哥给骗了！

"当然不是！那是窗户的护角！"

妈妈在心里把那个臭哥哥抓过来骂了一百遍，把双宝拉过来认真叮嘱："记住了，不是妖怪的手，也不是鬼的手，是护角！护角！窗户的护角！"

妈妈想着一劳永逸，又补了一个强化训练："窗户的护角，记住了，不是鬼的手……鬼它根本就没长手！"

双小宝点点头。

过了一会儿，他跑进爸爸的房间。

"爸爸，那窗户上的那个白色的手，是什么？"

🄫 不想路过

下午过路口的时候，又又坐在后座上指挥妈妈"向右转"，他想让妈妈走右边那条路进小区。

可是来不及了……妈妈已经直行了！

又又大喊"糟了"：

"要经过我们幼儿园了！"

紧接着他说：

"我不想路过我们幼儿园！"

紧接着他说：

"我一看见我们学校就想要进去上学！"

又又太爱他的学校了！

我还要学好数理化

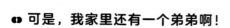 **可是，我家里还有一个弟弟啊！**

糖果

"哼！我生气了！"每次双宝跟他捣乱，又又就会气鼓鼓地这样说。

并且，有时候还会补充一句："我就不喜欢这个弟弟！……根本就不喜欢！"

可是，在幼儿园里，他不是这么说的。

虽然升班好长时间了，但是放学后又又还是经常下楼去"抱一下，亲一下"刘老师。

他知道"抱一下，亲一下"就能轻松搞到饼干和糖果。

起初，他真的是想念原来班里的老师。抱一下，亲一下，刘老师、苏珊老师和萌萌老师心里不知道有多甜，手边有多余的零食，就会偷偷塞一块到又又的嘴巴里。偶尔呢，也会再塞一块到又又的衣兜里：
"这是给你弟弟的，带回家去给弟弟吃吧。"嘴里叼
着一块糖，兜里揣着一块糖，又又兴高采烈地回家。

那天，郭老师到楼下找刘老师聊天，说起了又又的
进步，在大班里，他是如何积极回答问题，又是如
何卖力地写作业。刘老师听了，开心得不得了——
她的小又又去年还一副游手好闲、吊儿郎当的样子，
没想到进了大班就画风突变，俨然要走学霸路线了。
刘老师、苏珊老师和萌萌老师……这些教过又又的
老师们听了郭老师的赞扬，个个都开心得不得了，
就好像自己卖力种下的种子终于发芽了，看见又又
更加地眉开眼笑。
于是又又放了学，就更加地赖到中班教室，不肯走。

他要磨蹭到最后，抱一下，亲一下，不给糖果或饼干就不走。

吃到了糖果和饼干，他不会忘记大声再提醒一下："我还有个弟弟！"

直到有一天。

他鬼鬼祟祟地扯着刘老师往教室里头走，躲到别人看不见的地方，找糖果。

"可是，今天真的没什么吃的。"刘老师为难地说。

又又在教室里转了一圈，好像确实没有找到什么能吃的。

他磨磨蹭蹭地始终不肯走，在教室里到处转。离园的歌声响了一遍又一遍，刘老师都要下班了，奶奶催他，他躲在教室里死活不肯出来。奶奶去拉他，怎么也拉不动。

又又一边死命地往后退，一边死命地喊："我还有一个弟弟！我家里还有一个弟弟啊！"

奶奶一回家就把这件事告诉爸爸妈妈。

爸爸妈妈立即批评又又："小孩不可以跟别人要东西吃，刘老师也不行！你都影响刘老师上班了！"

"可是，我有一个弟弟啊！"又又委屈地说。就好像弟弟才是那个吵着要吃糖果的小孩……不是他。

☞ 赚钱的方法

又又万分沮丧地说："……我没有钱了。我什么都干不了了。"

妈妈奇怪地问："什么钱？"

"我的十块钱呀！我的十块钱不见了！肯定是被人偷走了！"又又气呼呼地说。

妈妈更加奇怪了："那你把钱放在哪里了？"

"就放在那里了！"妈妈问了好几遍，他也说不出来那个"那里"到底是哪里，只会一遍一遍地重复："就是那里！就是放在那里！"

"我辛辛苦苦努力工作挣的钱……不见了！肯定是小偷干的！"他坚定地说。

"肯定是大 B 班的小朋友偷走了我的钱！"又又真的是气急败坏了！

"可是，大 B 班的小朋友来你们大 A 班偷东西，他不怕被发现吗？"妈妈迟疑地问道。

"趁我们午睡的时候！而且我们班的老师也正好都不在的时候！"

"不对啊，你们大 A 班午睡的时候，他们大 B 班也午睡啊！"妈妈更加疑惑地问。

"有一个大 B 班的小朋友偷偷地来到我们班，一下就把我的钱偷走了！"又又激动起来，丝毫不觉得这栽赃栽得有点离谱。

"好吧……可是你哪来的钱？"转换话题的同时，妈妈意识到又又报失的这笔钱好像来路不明。

"我打工挣的钱！我给马老师打工挣的钱！"（马老师根本就不是他们班的老师。）

"那……你们还有别的小朋友给马老师打工吗？"

"没有了，"又又气愤地补充道，"挣钱太辛苦了！……谁愿意给别人打工！"

这十块钱如果真的存在的话，应该就是又又全部的钱了。

他本可以在周末大区域的活动时大肆挥霍掉的——按照他们幼儿园的消费水平，一块钱就能看一场电影，一块钱能跳一场舞，一块钱能吃冷饮，一块钱能买小朋友的服务，一块钱能买玩具，一块钱能买水果吃，一块钱能买糖吃……（他在楼下看见亲弟弟都紧紧攥住了口袋，没舍得掏出一块钱买任何东西。）

总之，他的十块钱本来可以让他过上更美好的生活，忽然一下子，不见了！

也没有什么别的好办法了。

妈妈只好教育又又："挣了钱，就赶快花掉。"

又又却说："我要找个更好的地方把钱藏起来！谁都找不着！"

"……连小偷都找不着！"他又特意强调了一下。

然后，又又神秘兮兮地凑到妈妈耳朵边说：

"妈妈，我知道一个办法，能让你赚到很多很多钱！"

"噢？什么办法？"

"首先，你得找到一个地方，每天去那里收银。每天都去！然后你就能赚到很多很多很多很多的钱了！"

⏺ 头发里长骨头

"妈妈，我的头发它为什么没有骨头？"

双小宝这话翻译过来，就是："为什么头发是软软的？"

妈妈摸了摸双宝的小卷毛脑袋，飞快地回答道："要是头发里面也长骨头……那你不就成了刺猬吗？哈哈！"

"哈哈，那样我就成刺猬了。"

双宝见过楼下草丛中的刺猬长什么样，于是他笑出了声。

● 我是好人

又又和双双度过了难忘的一天：坐车出去玩，零食不限量，看了动画片，并且还玩了猫。

两只猫一只名叫梅西，一只名叫张翼德。

又又一直想跟猫玩，张翼德却非常害怕，把自己藏在垫子底下躲起来。

双宝一路追着猫告诉它："别怕，我不是坏人，我是好人！我是好人！"

⑧ 演龙卷风最好了

圣诞节已经过去很长时间了，又又仍然在追问爸爸：
"那铁皮人他怎么换心脏呢？"
他还记得他们全校师生共演的《绿野仙踪》！
在那场演出里，又又扮演苹果树，四个小孩四棵树，
一共有两句台词。
父母当然希望孩子能在舞台上扮演主角，分量越重
越好，台词越多越好。
又又却羡慕着另外四个扮演龙卷风的小孩："龙卷风
没有台词！而且他们只用转着圈走路就行了！"

"……演龙卷风简直太好了！"又又说。
而演出都已经结束好几个月了。

๑ 节日礼物

又又跑到妈妈的房间送来"妇女节"礼物，这是又又亲手做的一个剪纸。

过了一会儿，他又跑来送了个"情人节"礼物，他临时画的一幅画，画上有大海、蓝天、白云、太阳，还画了一个巨大的妈妈驾驶着一艘巨大的帆船，很强大很有力量的样子。

可是……妇女节和情人节都早就过去了呀！

⑪ 最好的房子

又又努力劝说妈妈买个二手房，这套房子必须要挨着火车轨道……这样，他就能每天都看到火车了！

这是一个五岁半的小男孩知道的最好的房子，他完全不知道北京的房价。

⚋ 我也会我也会！

早晨。

又又跑进我们的房间："爸爸妈妈！我也会装修！"
然后双宝在被窝里一跃而起，大声喊："我也会我也
会！……我还有改锥呢！"

刚刚。

双宝追上来，又蹦又跳地炫耀："妈妈，我是挺会修
东西的修理工！"

⊙ 我才是真的长大

哥哥比他大。

哥哥比他强。

哥哥说了算。

双宝对这个事实耿耿于怀。

今晚，他躺在床上说："其实，哥哥他并不是真的长大！我才是真的长大！"

（好吧，双宝你可能遇到一个假哥哥了。）

接着，忽然，双宝恍然大悟："原来，妈妈你也是个大人！妈妈你是一个大人呀……就像爸爸一样！"

（好吧，妈妈也是假的，今晚被你发现了！）

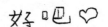

⚫ 每个人都有他自己的妈妈

那天，宝玉在蔷薇架下，撞见龄官画"蔷"，始知"情缘各有份定"这样的宇宙真理。

而双宝呢，忽然有一天，好似也开了窍。

他恍然大悟："妈妈，原来乖淘是乖淘她妈妈生的！她应该去找她的妈妈吃奶！我妈妈的奶，不给乖淘吃！"

(妈妈小声说：乖淘七岁了……)

接着，他一而再，再而三地参悟：

"小狗有小狗的妈妈！小狗应该去找它妈妈吃奶！

"猫咪有猫咪的妈妈！猫咪应该去找它妈妈吃奶！"

万事万物都有妈妈，连"小树还有小树的妈妈呢"！

"每个人都有他自己的妈妈！"双宝总结道。

后来，他领悟到的远远不止这些：

"妈妈你知道吗？小猪佩奇有她自己的妈妈！她还有她自己的爸爸和弟弟呢！她还有她自己的爷爷奶奶呢！"

原来统统不是他双宝的妈妈生的……
真的是人生新境界啊！

❶ 不要把妈妈吃掉

又又忽然心生感叹："啊，面条是我的最爱！"

双双不甘示弱也抒情一把："鸡蛋就是我的最爱！"

接下来是爸爸跟风："你们的妈妈就是我的最爱！"

又又顿时吓了一跳："爸爸！难道……你想要把妈妈吃掉？"

双双也吓呆了："爸爸你不要把我妈妈吃掉！"

◼ 人类要不要有尾巴

今天放学的路上，为了"人类要不要有尾巴"而争论了一路。

● 哄睡记

爸爸哄睡，双宝就能很快睡着。

妈妈哄睡，要哄很长时间才能睡着。

"这小子太难对付了。"妈妈忍不住抱怨道，妈妈的抱怨的参照系当然来自睡觉天使宝宝张又又。

"你只要忍住不跟他说话就行了。"爸爸传授秘籍。

确实是这样的啊……这小子，只要一跟他搭上腔，马上就生龙活虎、毫无睡意了。

今天晚上，当双宝躺在那叽里呱啦的时候，爸爸就小声提醒妈妈不要搭他的腔："不要说话。"

双宝伸过来小胳膊，揽住妈妈的脖子："妈妈，让我来保护你！"

妈妈情不自禁地说："妈妈有爸爸保护呢，你去保护你的女朋友。"

"别说话！"爸爸在背后低声警告。

双宝立即宣布："爸爸的女朋友就是我的女朋友！"

爸爸的低声警告变成了低低的暗笑。

然后，双宝忽然在被窝里大喊三声："沙漠老兵唐老鸭！沙漠老兵唐老鸭！沙漠老兵唐老鸭！"

妈妈在被窝里顿时全身颤抖。

"别出声。"爸爸使劲搂着妈妈低低地说，生怕妈妈笑出声来。

再然后呢，双宝对着妈妈的眼睛吹气，亲了又亲妈妈的脸，唐僧一样念道："妈妈我爱你！妈妈我爱你！妈妈我爱你！妈妈我爱你！"亲了一遍又一遍，说了一遍又一遍，来来回回就是"妈妈我爱你！"……直到妈妈终于忍不住，亲了亲他的小脸蛋，回答说："妈妈也爱你啊！"

……完了！

可是，这没完没了的表白，真的没法抵抗啊！

抱抱 ♡

❶ 地主又又

"香蕉结果子了！"

又又骄傲地告诉我们。

妈妈想伸手去摸一下看是真的还是假的，立即就收到又又的警告："不许摘！"

然后他轻轻地抚摸着他们幼儿园出产的无比珍贵的本地香蕉，神情像个地主。

⚫ 老狼都被感动了

晚上，躺住床上。

妈妈忽然变成了老狼。

"老狼要吃又又啦！"

又又咯咯咯地笑着说："老狼，你吃不着我！"

老狼退而求其次，说："那这样吧，老狼去把弟弟给吃了！"

又又说："不行！弟弟在爷爷奶奶卧室，关着门呢！……你也吃不着！"

"那么，老狼去你们班里抓一个小朋友吃吧！"

"不行不行！老狼你不能吃我们幼儿园的小朋友！"

老狼嘿嘿坏笑着，说："你们班匀熹好像就挺好吃嘛！"

又又赶紧说:"匀熹她出国了!再也不回来了!老狼你吃不着她!"

老狼又坏笑着说:"这样吧,老狼去把李宇轩抓来吃,行不行呀?反正你看他不顺眼。"这个小男孩吃饭的时候和威妮坐一张桌子,又又一直对他很警惕。

"不行!你不能吃李宇轩!李宇轩也出国了!"又又能想到的最远最安全的地方就是出国。

然后他想了想,不放心,又补充了一句:"我们班的小朋友全都出国了!再也不回来了!你一个都吃不着!"

老狼一看,一个小朋友都吃不着,气急败坏地说:"那么,老狼就把你们班的老师吃光光!"

"也不行!郭老师不在教室里,她去大班了!鄂老

师也不在，她去 Baby 班了！还有凯蒂老师，她去中
班了！"

又又急急忙忙把他的同学们和老师们四处乱塞，一
个个都藏好，确保不会被老狼吃掉。

连老狼都被感动了。

● 特别糗的事

今天发生了一件特别糗的事。

又又玩滑梯，滑下来才发现裤子上沾满了泥水。
短裤实在脏得穿不了了，只好光着屁股回家。
半大的小子，为自己没裤子穿而害羞，一路上担心
遇到同学，尽量挑偏僻的、没有人走的路。

又又路过草坪的时候疑神疑鬼，他甚至觉得远处那
个穿黑衣服的女人是威妮的妈妈，还特意凑过去张
望，确认那不是威妮的妈妈。
"要是遇见我们班同学，看见我这样可就糟了！"又
又小心翼翼地拎着自己的裤子，一边走一边担心
地说。
"要是遇见你们同学，妈妈就告诉你，你就躲在一

边，等同学走远了你再出来。"妈妈出了一个好主意。

妈妈走在他前面，爸爸走在他后面。

连他的挖沙工弟弟，也扛着铲子给他打掩护。

"要是被威妮看见，就……完蛋了！"

这种感觉简直糟得不能再糟……比做贼还可怕！

◎ 我不想毕业

那天，也就是毕业典礼的第二天。

又又从幼儿园回来的路上，兴奋地跟妈妈交流心得："哇，没想到毕业典礼之后，还是可以去上幼儿园的呀！我明天还可以上幼儿园！后天还可以上幼儿园！再后天还可以上幼儿园！……简直是太好啦！"

他是那么兴高采烈，就好像赚到了一样。

他是那样爱他的幼儿园，他的幼儿园也是那样地爱他。

又又说："妈妈，我不想毕业。"

他说的时候眼里含着泪水。

又又在班里实在是很普通（班里有牛娃，但永远不是他），除了喜欢火车没什么别的特长，也不擅长社交，不太能挣钱也不太舍得花钱（幼儿园里提供挣钱和花钱渠道），集体表演的时候总是慢半拍，他宁愿躲在后排、躲在角落。他却是那么地爱这个班。

他说："我不想离开我们幼儿园，我想和我们班的小朋友在一起，我想和妞妞、浩浩在一起，我想和威妮在一起。"

他把"我们班"说得很骄傲。

这个"我们班"确实是独一无二，班里有他们自己种的花花草草，有写着他们自己名字的小椅子、小柜子、小抽屉、小水杯和小毛巾，还有他们固定位置、固定搭档的小饭桌。

小饭桌上，又又的左边是威妮，威妮的左边是浩浩，浩浩的左边是李宇轩，李宇轩的左边又回到又又。

室外活动呢，男孩们一队，女孩们一队，大家喊着

"Left，right，left……"的口号出门。又又前面永远是浩浩。又又后面永远是勾艺博。

上课的时候，好像是随便坐。可是又又每次都要坐到威妮的旁边。又又在三年前就说过："我要和威妮在一起……我的小床要挨着威妮的左边右边前面后面。"他做到了！

从一楼到二楼再到三楼，他们班从一楼 Baby 班和小班，搬到二楼中班，再到三楼的大班。带班老师都已经从刘老师换成了郭老师，小朋友却一直都还是原班人马，闹腾起来永远万马奔腾。

从一楼到二楼再到三楼，留下了多少爱的甜言蜜语，留下了多少蹭鼻子上脸的亲亲和抱抱，留下了多少鼻涕和眼泪。

温室花园里芭蕉树结果子了。

走廊墙上贴满了他们自己的画。

每周菜谱永远贴在一进门的右手边。

楼下那辆绿色的小火车永远等待出发，它的最后一天就跟第一天一模一样。

而又又完全不一样了。

他就要离开了。

他要把门最后一遍关上了。

⚉ 一次离别

太太（奶奶的妈妈，爸爸的外婆，又又的太奶奶）病重不起，爷爷奶奶连夜打包，赶最早的火车回乡。又又早晨五点就起床，一定要送到火车站，火车开走的时候他哭了。

而这一整天又又都很难过，问了许多关于生老病死的问题。

双宝太小，还没有离别的概念。

爸爸妈妈在三餐、家务、带娃的夹缝中，面临的最大苦恼是接下来的日子如何吃饭、如何搬家、如何应付人手不够。

不想离别，却不得不离别。

这是又又第一次感受到长久的离别。

这个月，他告别了他的爷爷奶奶。

下个月，他即将离开他最爱的幼儿园、老师、同学和……威妮。

他也将要离开他出生和成长的社区。这个拥有无数个滑梯、池塘、沙坑、秋千和草地的社区，这个遛个弯都能随时遇到同学和老师的社区，这个见证了他无数个"第一次"的地方。

新的生活即将开始。

深情也只能说再见！

● 七夕

今晚，七夕。

又又整理书堆，发现了一本"公主书"，里面讲的都是些公主的故事。

爸爸告诉他："这是一本全是公主的书呢，只有真正的公主才能看。"

又又应声说："我要送给威妮！"

这小子抠了这么多年，始终不开窍。这个七夕节终于知道要给女孩送礼物了！

❶ 宏伟的教育计划

"弟弟，你想长大了什么都不会吗？"

"不想。"双宝老老实实回答。

"那好，我现在就开始教你，让你长大了什么都会。"

这是又又给弟弟量身定制的一个宏伟的教育计划，

而培养人才的第一步就是"唐诗"。

于是妈妈在阳台晾衣服的时候，惊骇地听见屋里

传来——

"空山不见人。"

"空山不见人。"

"乡音无改鬓毛衰。"

"乡音无改鬓毛衰。"

"近来人事半消磨。"

"近来人事半消磨。"

……

又又念一句，双宝紧跟着念一句。

一个声音跟着另一个声音，就好像屋里传来山中的回声。

三山半落青天外，

◼ "一直滚"的诗

又又迷上唐诗已经有一段时间了。

生日那天，除了让妈妈送给他作业本，还让爸爸送给他拼音版的《唐诗三百首》。

晚上睡觉的时候，兄弟俩一左一右，在黑暗里轮流背诗，才能睡着。

又又还发宏愿要自己写一首"唐"诗。

爸爸阻止道："又又，唐诗你可写不出的，你不是唐代诗人。"

"好吧，那我就写古诗。"又又说。

过了几天。

爸爸惊讶地发现，又又真的写了一首"古"诗：

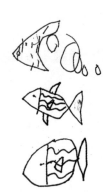

池里小鱼翻浪滚，
风吹水流哗啦啦。
天上小鸟在唱歌，
清清水浪一直滚。

这个"一直滚"的诗，不但爸爸点头叫好，妈妈拍手叫好，连弟弟都蹦跳着说"写得好"。

又又得意极了，进一步诗歌赏析："爸爸，妈妈，弟弟，这首诗写的就是霁雪苑三号楼旁边的风景啊！那里有个池塘，池塘里有鱼游来游去，特别美，于是我写了这首诗，就会一直记住它。"

❽ 难道比我们 Carol 老师还厉害？

又又不知道什么是"B-U-L-L-S"，跑去问爸爸。

爸爸告诉他是"公牛队"，并且提醒他看看是不是还有一个数字"23"。

又又低头一看，真的耶。

爸爸告诉他："'公牛队 23 号'就是乔丹 —— 打球特别厉害的乔丹。"

又又一副很不服气的样子，反问道："难道比我们 Carol 老师还厉害？"

"Carol 老师他能一边跑一边进球，可厉害了！"他补充道，简直不能相信这世界上还有比他篮球老师打球更厉害的人。

妈妈说："那当然了！乔丹真的很厉害，连你们 Carol

老师都崇拜他呢！"

又又还是一脸不相信的样子。

于是，爸爸说："乔丹会飞。"

❶ 低成本文艺电影

"弟弟，你来扮演大灰狼好不好？……因为我觉得你长得像大灰狼！"

"好呀！"双宝想都不想，高高兴兴地答应了。

这是导演张又又的选角现场，他想要拍一部名叫《小红帽》的电影。

他让弟弟演坏蛋大灰狼，他自己演主角小红帽……他自己编剧、派角色、分配台词，排练了几遍就开始正式演出了。

爸爸被捉来充当摄像师。

妈妈被捉来充当观众。

当又又执导的处女作《小红帽》被完整地投影到墙上时，妈妈内心激动，奋笔疾书了一篇《论如何一夜之间低成本制造文艺电影》。

● 我好孤单

六岁的又又在床上蹦跳着给三岁的双宝上唐诗课，一会儿嫌老弟太笨，把他撵走了。

然后又又一个人躺在床上，含着眼泪哀怨道："我好孤单啊！我好孤单啊！"

妈妈过来了，提供了一个解决方案："妈妈再生个妹妹，行不行？"

"不行！"又又从床上一蹦而起，完全忘掉"孤单"这个词。

"不行！"双宝也从门外跑了进来。

● 扳回一局

乖淘已经念完一年级了，在班里有一个很帅的男朋友、两个八字不合的闺密和五个跟班小弟。

又又羡慕不已，他一天小学都还没念过。他悻悻地说："我在幼儿园……只有一个小弟。"

妈妈提醒他："不是还有威妮吗？"

又又如梦初醒，扳回一局："对！威妮还是小组长呢！"

✿ 捣蛋哥哥一百年

双宝说:"我要捣蛋哥哥一百年!"

搬家收拾东西,清理出来许多张 A4 纸,反复表现同一个系列主题……翻译过来就是:

妈妈,打一万分。

爸爸,打一百分再另外加十分。

弟弟,打零分。

● 过敏

"我对弟弟过敏！"

又又跟他老弟不对付的时候，他就会这么说。

⬤ 打成馅饼

"请把弟弟打成馅饼！我要把弟弟打成馅饼！"
又又把自己调成复读机模式，反复地说。

"我才不是弟弟呢！"
双小宝赶紧撇清自己，这回应简直是聪明极了。

⚙ 淘气药

又又研发了一款"淘气药"。

他说:"弟弟,你吃了我的淘气药,你就再也不淘气了。"

🔘 你的名字

又又上学第一天，放学回来。

晚餐桌上，妈妈说："以后，慢慢大家就不叫你又又了，越来越多的人会叫你的大名了。"

"难道我不是又又了？"

"你还是又又，但是在学校里，没有人会再叫你又又，大家都会叫你的名字。"

"为什么呢？"

"因为你长大了啊！"

妈妈忽然就伤感了。

（画了一半的妈妈）

● 排名

乖淘已经上二年级了。

而又又才刚上一年级。

今年，又又在乖淘心目中的位置急剧下跌，目前的排名在"倒数第二十名"左右，昨晚乖淘亲口告诉他的。

又又着急了！

"乖淘，在你们那里，你总共有八十个最好的好朋友是吗？"他绝望地问道。

乖淘赶紧安抚他："没有那么多！"

可是她坚决不透露到底有多少个好朋友还排在又又前面。

⊚ 天天过生日

因为妈妈过生日的缘故，中午全家绕了好远的路去吃了一顿牛排大餐。

家里差不多一个月没在餐馆吃饭了。

这顿饭每一个人都吃得滚瓜肚圆、志得意满、眉开眼笑……尤其是又又！

"妈妈，要是你每天都过生日就好了！"又又说。

"妈妈，要是你每天都过生日就好了！"双双原封不动地学了一遍。

"每天过生日也行啊！"妈妈点点头，说，"不过呢，这样用不了多久，妈妈很快就一百岁了！"

"啊，那还是算了吧！"又又权衡了一下，果断放弃美食，他还是不想妈妈那么快就老。

"啊，那还是算了吧！"双双说。

晚上，躺在黑夜里。

又又又唱了起来："祝你生日快乐祝你生日快乐祝你生日快乐祝妈妈四十五岁生日快乐！"

妈妈愤怒了："不是四十五岁！"

又又吓得立马改了歌词："祝你生日快乐祝你生日快乐祝你生日快乐祝妈妈三十八岁生日快乐！"

"也不是三十八岁！"妈妈继续抗议。

"祝你生日快乐祝你生日快乐祝你生日快乐祝妈妈四岁生日快乐！"

"不是四岁！肯定不对！如果才四岁，你就得叫我妹妹，弟弟就得叫我姐姐，还怎么给你们当妈妈？"

"祝你生日快乐祝你生日快乐祝你生日快乐祝妈妈八岁生日快乐！"

"也不对！"

"那你到底多少岁？"

又又问了好几遍了，可是妈妈每次都回答："不能告诉你……这是秘密！"

于是又又最后一遍唱道："祝你生日快乐祝你生日快乐祝你生日快乐祝妈妈八十岁生日快乐！"

双双临睡前，搂着妈妈说："妈妈，我永远也不离开你！就算我长大了也不离开你！行吗？"

妈妈毫不犹豫地就答应了，就好像是青春期的最后一天。

⒀ 赢不了

"昨天我和又又去看展览的时候，又又居然哭了。"
妈妈趁着又又不在场，告诉爸爸。
"哦？"坐在午餐桌对面的爸爸很惊讶，"怎么
回事？"
"他跟机器人下棋，想赢，赢不了，就哭了。"
于是爸爸沉默了。

下棋，我们人类永远也下不过机器人了！……
这件事情爸爸知道。妈妈也知道。
可又又他还不知道！

兵不héng吃

✿ 哥哥是你的好朋友吗

去上运动课的路上，双双被地铁扶梯夹到了脚趾头！

一路都在喊疼啊！……直到他忽然告诉自己："我有一个好朋友，他就是小野。"

友谊的力量让他战胜了疼痛！

"什么样就算好朋友呢？"爸爸问。

"好朋友就是在一起玩玩具！"双双不假思索地回答道。

"那哥哥是你的好朋友吗？"妈妈好奇地问。

"不是！"双双坚定地摇头，表现出了对友谊的忠贞，"我的好朋友就是小野！"

"好朋友可以不止一个哦！"妈妈忍不住提醒他，"每个人可以有很多很多个好朋友！"

"不，我的好朋友就是我们幼儿园的小野！又又不是我的好朋友！"

在这趟伤心的地铁里，又又莫名其妙地失去了弟弟的友谊，内心受到了一万点伤害！

❶ 什么是感动

学校布置作业，明天要交一幅全家福，要画印象深刻、最感动的事情。

又又疑惑地问："什么是'感动'？"
"'感动'呀，就是让人想哭的时候。"

于是又又毫不犹豫地说："妈妈，我在儿童中心上课的时候，你在外面挨冻，冻成冰冻兔耳（这是我取笑他挨冻的时候形容的），而且妈妈还没事干、浪费了时间，让我觉得最感动。"

❶ 让我最感动的一件事

昨晚睡前，还有一幅画要赶着交差，主题还是"让我最感动的一件事"。

之前，又又画过一张妈妈在儿童中心等他下课，他觉得妈妈挨冻又费时间，这件事最让他感动。
本来那张画润色一下就能交差。
没想到又又摒弃了之前的画，另起炉灶，花三分钟飞快地画了一幅新的画，刚好赶在八点半之前上床睡觉！

这幅新的"最感动"，画着——
那是一个晴天，天上有一朵云。
妈妈笑眯眯地正走在去医院的路上，肚子里揣着个小宝宝。

这个小宝宝已经取好了名字，正好就是小又又！

又又说："好感动！"
（天晓得是咋感动的……）

但他不知道，那天根本不是这样的！

2

● 又又七岁

1

🔆 双双四岁

"你们这一代，是竞争的社会！"

小时候，家长们和老师们总是有着先知一般的预言。

长大了才明白，我们这一代，其实更接近一个合作的社会——人和人之间的关系更像是互相帮忙。

"合作"，是一道超纲题。

没有人能预测未来，尤其是孩子的未来。

被预言的未来，不叫未来，那叫终点。

每个人都应该有权利去度过无法预测的一生——

这才是生命的意义。

◉ 双宝十五岁

哥哥骗他："你都已经十五岁了！"

然后他就真的以为自己十五岁了。

❷ 需要一些娱乐活动

爸爸的陪睡已经进入一个瓶颈阶段。

连续三个月，一个晚上先后要在不同的床上切换三回，爸爸快崩溃了。

"我需要一些娱乐活动。"那天晚上，爸爸冷静地说。然后扔下两个面面相觑的娃，径直走进自己的卧室，看电影。

"为啥爸爸就需要一些娱乐活动？"
"为啥爸爸不陪我们睡觉了？"
他俩用质问表示抗议。

"爸爸是大人，大人不能天天围着小孩转啊！大人需要一些娱乐活动！"爸爸看着电影，手拿遥控器，赶他们回房间去睡觉，"自己睡自己的床！"

六岁半的又又只好自己爬到自己的高床上，躺着。

三岁半的双双也只好自己爬到矮一点的小床上，躺着。

没有了爸爸的哄睡，他俩都睡不着。

"可是我怕黑呀。"过了一会儿，双双说。

"弟弟，要是你害怕，就来我的床上。"又又安慰他的弟弟，然后发现自己好像也需要一点安慰……"要是我害怕呢，我就去你的床上。"

还没等双双说"好主意！"，又又补充道："要是我们俩都害怕，那我们就……就……就也开展娱乐活动！"

双双顿时咯咯笑了起来。

于是他俩把前来陪睡的妈妈赶走。

然后爸爸和妈妈在视频监控里看见这两只爬上爬下，一会儿睡哥哥床，一会儿睡弟弟床，其间还开展各类"娱乐活动"。

那天晚上，他们没有半夜醒来摇铃。

一整晚睡到天亮，连起床都爬不起来。

"妈妈，我们昨晚娱乐活动了。"又又挣扎着起床的时候解释道。

双双一骨碌爬起来，朝着爸爸的方向，大声说："对！小孩也需要一些娱乐活动！"

● 好消息

今晚，又又被同学拐走了。

他俩结伴铿锵铿锵地冒着烟走了，走得像托马斯小火车一样地欢快，只留给我们一个象征着团结与友谊的背影……

于是，双双得到了一个好消息！

"今晚哥哥不在家，双双说了算！"

❽ 试中了一个好方法

妈妈不仅懒，而且放羊，而且充满好奇心。

这一次，妈妈好奇的事情是：

又又是如何能在短短两三个月内把英语从五十分、七八十分，迅速提高到一百分并牢牢稳定住的。

抓过来一问，又又自豪地回答道："妈妈，这是因为我试了很多次，试中了一个好办法！"

妈妈一听，大感兴趣，赶紧采访。

"特别简单！"又又开心地分享他的先进学习经验，"只要写作业的时候，我把弟弟赶走就行了！"

❽ 又又的停机坪

攀岩之后精疲力竭。

爸爸却兴致勃勃地带领全家徒步一万七千米去找直升机。

"直升机的家，就在那个妖怪城堡的后面。"顶着严寒、快走到崩溃的时候，爸爸用手遥遥一指。

我们果然看见一座妖怪城堡（小声说，其实是民族园）。

"过了这个妖怪城堡，就能看见直升机了。"

于是我们迈着快要断掉的腿，走到妖怪城堡，再穿过一个有巨多台阶的地下通道，再沿着一条长长的河，爬过一座小山包……到了。

然而，什么也没有。

"今天直升机不在家。"爸爸抓抓脑袋解释说。

面前是一小块种植了灌木的草坪，草坪正中间画了一个圈，圈里写着一个大大的字母"H"。

爸爸就给哥俩比划："小直升机飞回家的时候，两只脚就站在"H"的这两根竖线上，停住就行了。"

妈妈说："Helicopter！"

又又说："Helicopter！"

这趟寻找直升机之旅就算结束了。

回到家，又又第一件事就是拿出一张 A4 纸，画了一个圈，圈里写一个大大的"H"。

然后……把他的玩具直升机放到了他的纸上停机坪里。

✿ 四个世界

又又兴奋地跑来，告诉我们：

"一共有四个世界！"

"一个就是我们现在的这个世界。

"一个是天堂。

"一个是地狱。

"还有一个世界……就在妈妈的肚子里。"

⒁ 爸爸孵的

双双当然知道自己是妈妈生的！

……但是爸爸孵的！

◑ 分享

双双学会了分享。

"妈妈，你把巧克力拿出来，分享！"他恶狠狠地说。因为之前要求吃巧克力被妈妈拒绝了。

妈妈笑了。因为，这不叫分享。

⏸ "装模作样"的意思

又又向弟弟解释什么叫"装模作样"。

"……就是假装成一个魔鬼，但是你不用害怕，弟弟，他只是做样子的！"

❸ 假装地铁

哥俩最喜欢的游戏，是"假装地铁"。

六岁的又又拉着弟弟，假装是地铁，一站一站地用中英文报站。

他们设置路障，当作闸门，如果有人路过，必须刷卡才能"滴滴滴"通过。

他们用两把小椅子假装地铁。

他们用乐高搭建地铁。

他们把床底下的空间当作地铁。

有时候他们什么也不用，凭空就能假想出一个地铁，甚至为了谁当司机谁当副司机这种子虚乌有的问题打起来！

中午在一间空教室里休息的时候，哥俩在两排椅子之间玩地铁游戏。空空如也的教室里，什么也没有，他们坐在凭空想象的地铁里，玩得兴高采烈！

有几次，有别的小朋友闯进这间空教室，完全不用解释也不用交流，那个小朋友飞快地就能加入这个游戏，三个小朋友坐在子虚乌有的地铁上，完全凭借默契，游戏玩得秩序井然。

那天在赫石，楼上的游戏区忽然飞奔下来一个小孩，五岁左右，拦住了我。定睛一看，是一个不认识的陌生小孩。这个小孩拦住我，不让通过。

遇到这种情况，当然是生气的。可是，小孩开始反复说："很抱歉，请刷卡通过！很抱歉，请刷卡通过！很抱歉，请刷卡通过！"

于是我就笑了。拿手指头在空气中假装轻轻划一下，在"滴滴滴"声中顺利过关。(那个小孩看我的眼神无比会心！）

这个完全凭空想象出来的地铁游戏，是我见过的最好的、最有感染力的戏剧作品。

（又又设计的地铁线路图）

◐ 放学这条路

这条街隔壁是另一条街。有户人家在二楼养了好几笼鸟，都是鹦鹉八哥之类会说话的。

又又放了学，有时候要特意绕到那条路上去，听那些鸟儿七嘴八舌乱喊一通"你好！""再见！""欢迎光临！"之类的，然后大笑一通回家。

放学这条路，简直有趣极了。

◐ 黄鼠狼小路和狼的陷阱

每周去上课，他们不走大路，要走一条小路。
这条黄昏里穿过小树林的路，被他们命名为"黄鼠
狼的小路"。

"妈妈，你要小心黄鼠狼！"
双双殷勤地吓唬他的妈妈，虽然我们一只也没遇
到过。

另外，一路上还要时刻警惕"狼布置的陷阱"……
沿途所有的井盖都被说成是陷阱！
"万一踩到了狼的陷阱，你就会掉下去的！"
双双殷勤地提醒着，虽然我们一次也没掉下去过。

◎ 雨鱼不禁

六岁半的又又生造了一个成语，叫"雨鱼不禁"。

成语释义："下雨天，鱼都靠岸了，钓鱼的人可以随便钓。"

● 真正的大厨师

昨天，双双参观幼儿园大厨师做饭了！

他拿回来一张他的画着大厨师的画！

今天的早餐时间，全家都在欣赏双双画的那个大厨师。

"这是画坏了的大厨师！"双双向我们展示——正面画坏了，背面才是他画的"好的大厨师"。

爸爸说："画得好！"

妈妈说："画得很好！"

又又啧啧称叹，觉得老弟简直就是一个天才！因为这个大厨师不但有手有脚，而且会做一大锅的饭！……而且"他还光着两只脚，他没穿鞋！"又又说。

这个时候，机器人小爱同学开始发出语音提醒："又又上学要迟到了！刘老师已经在教室等你了！"

"双双画的，真是一个了不起的大厨师呀！"妈妈赞美着总结。

"妈妈才是真正的大厨师！"爸爸说。

"妈妈才是真正的大厨师！"又又说。

"妈妈才是真正的大厨师！"双双说。

⬤ 我能叫你小姐吗

"弟弟，我能叫你小姐吗？"

弟弟毫不犹豫地说："行！"

● 母亲节

昨晚双双拿出一张红心纸，跑过来说："母亲节快乐！"

并且，他指给妈妈看，上面那些乱成一团的黑色线条，是双双自己画的地铁线路图和双双自己写的字！

母亲节真是好呀！
虽然都已经过去两天了！

⬤ 家庭电影院

又又确诊支气管炎。

于是一个告病在家，一个请雾霾假。

哥俩今天用泡沫箱和 iPad 在家自制了一个电影院，
并且邀请爸爸妈妈来看电影。

妈妈受邀看上半场，因为爸爸需要"工一会儿作"。

然后爸爸看下半场，妈妈去"工一会儿作"。

负责验票的是双双。

电影场景和配音是即将七岁的又又。

一个动物主题的电影演完了，简陋的家庭自制电影
院里响起了稀稀拉拉但颇为热烈的掌声。

谢谢你们，制片人！

谢谢你们，导演组！

⏺ 一个好问题

又又趴在爸爸耳朵边，说悄悄话：

"爸爸，要是没有人结婚……人活着还有用吗？"

真是一个好问题！

爸爸妈妈都这么觉得。

● 再生出来

哥俩钻进了妈妈的雨衣，假装是双胞胎，让妈妈把他俩再生出来！

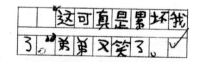

这可真是累坏我了。"弟弟又笑了。

● 关机重启

"弟弟，你知道吗？只要把你关机重启，然后你就又能重新来一遍……然后，弟弟，你就又是一个好人了！"

⊕ 在梦里说会儿话

"一到家，妈妈就要洗澡睡觉！你俩自己玩，谁都别来吵我！"瞌睡得要命的妈妈还没上楼，就预先叮嘱道。

"可是，妈妈，万一我又想找你说话怎么办啊？"有一条家规是专门针对又又的——不许跟任何睡觉的人说话！

还没等妈妈回答，又又就想出了一个好主意！

"妈妈，你睡着了就做个梦吧！"又又说出了他的好主意，"然后我也做个梦！"

又又紧接着说："然后……我俩就在梦里说会儿话！"

在梦的维度里，连家规都失去了定义。

（平行宇宙，对张又又来说，太简单了。）

⒀ 简单！

双双的幼儿园发来邀请函，邀请家长出席孩子的"升班仪式"。每个孩子只能邀请一位家长。

"这不太公平！"双双抱怨道，"我想让爸爸妈妈一起去。"

"简单！"又又满不在乎地说，"我来帮你吧，弟弟！"又又拿起那张邀请函就去阳台上，在白纸上写了一张一模一样的邀请函。

"弟弟，你拿去吧！现在你有两张邀请函了，爸爸妈妈可以一起去！"

爸爸跳出来说："不行！"因为真正的邀请函上盖着一个幼儿园的章！没有这个章，还是不能用！

"简单！"双双满不在乎地说。然后扯着嗓子往阳台上喊："哥哥——邀请函——你再画一个章！"

◐ 弟弟的生日

直到哥哥的两个同学准备了礼物要来参加弟弟的生日 Party，爸爸妈妈才大吃一惊，发现又又居然自己给他弟弟张罗了一个生日趴！

并且，他还在自己的班里四处宣扬弟弟的生日……连老师都知道弟弟今天过生日了，特地让捎回来一块儿笑脸橡皮当生日礼物！

双双穿上了一件写着"哥哥"的衣服，他觉得今天自己就是哥哥了！
而真正的哥哥，拿 A4 纸给他画了一个国王帽子。双双戴上了这个国王的帽子……正正好……就是一个四岁的小国王！

● 痒

"如果吃很多菠萝，我的舌头就会痒！"双双向哥哥描述自己的感觉——他还不会说"涩"这个词。

又又似乎并不能感同身受："弟弟，你是怎么知道的？难道是电视里的动画片告诉你的？"

"不，是我自己吃到的！有一天我们家吃菠萝，我吃了很多很多的菠萝，我的舌头就痒了！……啊，哥哥，你忘啦？"（距离上一次吃菠萝大概将近一年了，那还是搬家前的事情，连妈妈都快忘了！）

"那是过敏！你对菠萝过敏呀！弟弟！"

一个还不知道"涩"这种滋味的哥哥，在纠正一个已尝到"涩"的味道的弟弟。

☻ 戴戒指

"爸爸，为什么你要戴戒指啊？"又又问。

"爸爸，我们怎么就不戴戒指哪？"双双紧跟着问。

"当然！结了婚的人就戴戒指，你去看妈妈是不是也戴戒指了？"爸爸回答，"结婚又不能写在脸上，对不对？"

"噢！对！……可是妈妈戴了两个戒指！"又又喊了起来！

"噢，说明妈妈结了两次婚。"爸爸平静地说……

✿ 抱抱你的影子

后海散步回家的路上，又又开始缠着磨着要亲亲要抱抱。

妈妈批评他——并不是每个人都喜欢身体接触，要抱抱要亲亲，必须先得到同意。

"妈妈，我现在想要抱抱！你同意吗？"

"不同意。累！"妈妈一边走路一边飞快地回答道。

又又悻悻的："那么妈妈，"然后眼珠子骨碌一转——"我能抱抱你的影子吗？影子总能行了吧？"

对自己的影子，到底说了算不算？

❶ 妈妈几岁了？

"妈妈到底几岁了？"

这个问题困扰又又很久了。

……而妈妈拒绝回答。

他去问爸爸。

爸爸一会儿说妈妈十二岁，一会儿说妈妈十四岁，一会儿说……四岁。

"四岁！这不可能！"又又感觉自己被骗了！他的逻辑是——

"妈妈如果才四岁……那她岂不是比我还小！那她就是我妹妹，不是妈妈！"

于是爸爸迅速改了口："噢噢，我说的不是现在……是以前！妈妈以前是四岁，现在已经够八岁啦！"

问题是，八岁，又又同样也不信……明摆着骗人！

"要是妈妈八岁，那她就不应该天天待在家里！她应该天天去学校，上学！"

"八岁……妈妈应该上二年级！"七岁的张又又飞快地换算了一下，补充道。

"妈妈，你到底几岁了？"

妈妈从不回答这种无聊的问题。

又又穷追不舍地问，被聒噪得受不了，妈妈就敷衍他："嗯，比爸爸小一点，比你大一点，比弟弟大更多的一点点。"

"那爸爸几岁了？……你比爸爸小几岁？"

妈妈拒绝回答。

"妈妈，这样吧，你告诉我你去年几岁！"

妈妈拒绝回答。

（六岁）

"妈妈，你只要告诉我，你加八岁再减六岁再加三岁再减四岁，最后等于几岁，就行了！"

妈妈拒绝回答。

"妈妈，我猜你现在有××岁？对不对？小恩的妈妈也是××岁。我和小恩一样都是七岁，那你和小恩妈妈应该一样是××岁！"

"那可不是！小恩妈妈跟我，可不是一样大……"妈妈只肯透露这么多。

又又再继续问，妈妈拒绝回答。

"妈妈，你肯定有二十岁，对吧？"

"妈妈，我猜你有三十岁！"

"妈妈，我猜你肯定是四十岁了！"

"妈妈，你都五十岁了对吧？你不会像奶奶一样马上变老吧？"

套不出任何答案，又又转变了思路。

他跑去问一起上英语课的同学妈妈："阿姨，我能问你一个问题吗？我妈妈是属 M（某种动物）的！你知道属 M 的人现在是几岁吗？"

还没等阿姨回答，就被妈妈制止了。

总之，关于这个问题，妈妈拒绝回答。

又又还从"妈妈卡"（他管妈妈的身份证或护照叫"妈妈卡"）上看到了妈妈的名字和出生日期，可是……他算不出来！

❶ 我是不是恋爱了

昨晚，又又躺在床上，对爸爸说——

"我又哭又笑，又热又冷，心跳的速度很快……爸
爸，我是不是恋爱了？"

又又对恋爱这件事情已经好奇很久了！

爸爸告诉他，如果一个男孩喜欢一个女孩，这个女
孩也喜欢那个男孩，他俩在一起了，这就叫恋爱。

又又追问："那如果男孩想和女孩在一起，女孩不想
和男孩在一起，那还是恋爱吗？"

"那不叫恋爱，那叫单恋。"爸爸说。

于是，又又在地铁里看见情侣，故意大声地问："爸
爸你看，妈妈你看，他们俩是不是恋爱了？"

"嘘！"妈妈说，"不可以大声说，……嗯，很多人

喜欢偷偷地恋爱！"

"那……他们为什么要偷偷恋爱？"

"嘘！"妈妈让他把音量调更小一点，"恋爱是别人的隐私，不可以大声说。"

那天，又又问了爸爸好多好多关于恋爱的问题，最后眉开眼笑地宣布——

"我要和妈妈恋爱！"

话刚出口，他就失恋了。

"不行，妈妈是爸爸的，"爸爸平静地说，"你得去找你自己的女朋友恋爱。"

◑ 山间步行

范承勋古道，窄且陡，沿途都是狗尾巴草让人痒痒。
又又给这条兵部尚书走过的路取了个名字叫——"痒
痒路"。

过了观音洞，就是"灵境"了。
山坡很奇怪，一侧的树都是直直上天，另一侧的树
都是斜着生长。
又又给它们也取了名字叫——"歪歪扭扭树"。

❶ 臭小孩

到家了。

一进门，首先是叽里呱啦跟 AI 吩咐一通：

命令小爱打开三个空调，并设置风速。

命令小度打开另一个空调。

命令小冰打开空气净化器。

命令天猫精灵和"9420"各自唱个小曲儿。

刚刚五点钟。

小爱发出大声提醒："接双双了！接双双了！接双双了！……"

妈妈命令她闭嘴，关不掉。

爸爸走过来命令她闭嘴，也没关掉。

然后爸爸笑骂了一句："臭小孩！"

拍了一下小爱的脑袋，随手摁了电源。

双双很早之前就发出了这样的疑问：
"小爱同学是……我们人类吗？"

◑ 松鼠鱼

送上来了一个松鼠鱼。

哥俩一起抗议……不像不像！

一点也不像松鼠！

长得不像松鼠的鱼——拒！绝！吃！

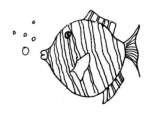

⊕ 青草的味道

放学回家的路上，又又被捞水草的船迷住了。

之前他只见过割草机。

他小时候，只要割草机来家里花园割草，他就要跑出来看。

割下来的青草堆积，等着装袋运走，切割过的花园散发出新鲜的青草味，能持续很久很久。

今天这个船上堆积青草的味道，一下子唤起了熟悉的回忆。

❶ 不舒服的张又又

一个不舒服的张又又，回家的路上忘记了不舒服。

一个全班同学都坐在教室上课的下午，他在湖边攀爬太湖石，他在湖边折柳。

本打算带他去医院的妈妈，半路上……忽然改变了主意。

▣ 四维亲弟弟

又又说他画了一个弟弟。

就是铅笔随手画的一个普通圆圈而已！

压根儿看不出是个什么东西！

又又接着说："这是弟弟的头顶！"

并提示道："……从上面看！"

然后他又搬来三张同样破烂的纸，指给妈妈看——

"从上面看，从前面看，从背面看，从旁边看。……

（从上面看）

（从前面看）

这就是我画的弟弟！"

于是妈妈按照他的吩咐，从上面看，从前面看，从
背面看，从旁边看……真的看见了一个弟弟！

又又的、立体的……四维亲弟弟！

（从背面看）

（从旁边看）

❶ 从前

今早餐桌上，七岁的又又给四岁的弟弟"科了一个普"。

照例，是"弟弟，你知道吗？"开头的——

"从前，地球上只有水蒸气！从前地球上什么都没有！只有水蒸气！"

双双瞪大眼睛，问："连恐龙也没有吗？"

"对！连恐龙也没有！"又又自信又响亮地回答。

妈妈觉得奇怪了，这个出处好蹊跷。

"又又，你从哪儿知道'从前'的？"

"我当然知道从前啦……"

又又一脸得意地还没说完，弟弟跳起来抢答——

"因为哥哥去过从前啊！"

"你撒谎！你什么都不知道！"又又狂喊。

"我没撒谎！我什么都知道！"弟弟回敬。

Dinky Dazzling
Dinosaur

⸙ 我愿意呀

睡前，妈妈坐在垃圾堆似的书山上，给哥俩念谢尔·希尔弗斯坦。

深夜在钢琴曲里念谢尔，真是一种享受，尤其是《记忆大王小莫》——

小莫能把字典倒背如流，
但好像找不到工作养家糊口。
而且似乎没有人愿意跟背字典的人结婚。

念到这里，高床上传来一个飞快的、一点儿也不害羞的声音——"可是！我愿意呀！"

这是四岁的双双。

双双不仅会用爸爸的改锥四处拆装玩具，而且他愿意跟一个背字典的人结婚！

❶ 长得太不像了

"妈妈，我们家能养一条小狗吗？"

妈妈想都不想就直接拒绝："不行。"

"可我真的真的很想要一条小狗啊！"

妈妈被又又缠到没办法，只好让步："那好吧，让你
弟弟当小狗……行吗？"

"不行！"这回轮到又又喊了，"长得不像！"

"假装是小狗呗！反正你们之前也玩过扮小狗尿尿的
游戏！"

"不行！长得太不像了！"

一个实在不愿意苟且将就的张又又说。

◗ 上学路

刚走到后海边，又又的铁哥们儿忽然从后面追了上来，于是小哥俩欢欢喜喜凑一起走。

又又指着警示牌："禁止钩鱼！"
铁哥们儿立即纠正："禁止钓鱼！"
以前，又又看见"钓鱼"，都认成"钩鱼"。
妈妈从来也不纠正他，心里觉得好笑，每次都笑。
从今天起，"钩鱼"这个笑话，笑不成了。

小哥俩玩了一会儿健身器械，看了一回搬运水草，又看了一回"钩鱼"，又看了一回游泳。
铁哥们儿问："为什么牌子上写着'禁止游泳'，还有人在这里游泳？"
又又说："因为他们不认识字呗！你看那野鸭子，不认识字，它们也在游泳，对不对？"

说得好有道理的样子！

铁哥们儿拼命点头。

小男孩的兴趣转到了野鸭子。

他俩兴致勃勃地从一堆野鸭子中辨识鸳鸯……真的
有鸳鸯！

"哪个是鸳？哪个是鸯？"

"雄的是鸳，雌的是鸯。呃，通常来说雌的长得丑。"

末了，又又说："嘿！你看那只鸭子会飞！"

铁哥们儿说："嘿！你看那只鸭子想飞飞不起来！"

又又妈妈叹了口气，告诉两个小男孩：

"野鸭子会飞，但吃不饱。家鸭子能吃饱，但不会飞。——你喜欢哪一种？"

两个小男孩，一个选了野鸭子，一个选了家鸭子，

然后欢欢喜喜上学去。

⚫ 帮我系扣子

早晨六点钟。

双双迷迷瞪瞪、摇摇晃晃地来了。

他喊着"爸爸——"

爸爸闭着眼睛在床上腾出一个空间，伸长胳膊向双双兜揽——"我爱你。"

这世上恐怕没有几个人，听见"我爱你"这三个字会无动于衷。

可双双仍然喊着"爸爸——"，他生气了！

"爸爸——请你帮我系扣子行吗？这个扣子我不会扣！"

爸爸闭着眼睛把四岁的双双拉过来，闭着眼睛给他扣好了睡衣扣子。

◖ 结婚的味道

结婚纪念日。

餐厅特别赠送两杯"爱的味道"。

兄弟俩一人一杯喝光光。

然后说——"里面有结婚的味道！"

⓫ 问莲桥

望海楼三面环水，水中是枯荷残叶。

"问莲桥"——这块山石上写着字，又又发现的。

又又一贯以为这座桥的名字叫"金银桥"，因为什刹海上有一座银锭桥，还有一座金锭桥，他就自作主张把这座桥叫"金银桥"。

原来叫"问莲桥"！

又又不明白什么叫"问莲桥"。虽然桥那头矗立着莲花观音，但他只能看见水里的莲花。

"难道是问莲花和莲子，你们过得好吗？"又又不解地问。

☙ 柳树就是离别

柳树这种东西就该着长在水边。

"为什么柳树就是离别？"爸爸问。

后海南沿的那棵大柳树在晨风中来回来去地飘荡着枝条。

"临别赠柳啊！……风俗！"

"我知道这风俗。就想知道为什么偏偏是柳树？"

"留。"妈妈轻轻地说。

"'留'步的'留'？"

亭中临别的时候，也并不能真正挽留些什么了。赠送柳条的人，不断地在心里说"留下来，留下来，留下来吧"，而不必真的说出来。

▫ 钩鱼

后海晴好。

又又照例要看一回寒鸦戏水，再看一回"钩鱼"，在后海北沿拐弯的地方再停一停，再继续走路去学校。

虽然他铁哥们儿上次已经纠正是"钓鱼"，可是他还是很喜欢说"钩鱼"。

妈妈从来也不纠正。

妈妈喜欢又又这个"钩鱼"，远胜于"钓鱼"。

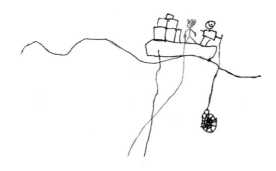

☵ 夜曲

今晚。

《向上跌了一跤》念完三分之一本。

七岁的又又爱听。

四岁的双双也爱听。

今晚。

双双一定要爸爸陪睡。

又又一定要妈妈陪睡。

躺在黑夜的《夜曲》里。

又又反复反复地说："妈妈我好爱你。"

最后他揽着我的脖子，轻声细语地说：

"妈妈，你知道我有多爱你吗？"

"妈妈也爱你啊，又又。"

然后，七岁的小男孩沉沉睡去。

◎ 实景再现

今天送园路上，走到幼儿园胡同口，看到竖了一块牌子——"施工绕行"。

这是唯一一条通往幼儿园的路，所以不能绕行。
我们继续往前走，路的一半果然被挖开了在施工。

双双很高兴！
这是《快来！大家一起修马路！》中的实景再现！

这家伙修路有瘾，《最全最酷的交通工具》里跟修路有关的交通工具他都认识！

❶ 这不公平

"这不公平！你倒的时候，你的多，我的少！"四岁的小男孩抗议了。

他说得也没错，倒核桃露的时候，确实妈妈的多，双双的少。

"因为我大你小啊！"妈妈沉静地回答，"大人就该着喝多多，小孩就该着喝少少！"然后不慌不忙仔细解释——

"你是小孩，对不对？小孩的嘴巴小，肚子小，装的食物就该着少少，对不对？"

在这一连串的"对不对"里疑惑了片刻，小男孩立马跳起来说："我的嘴巴大！你看！你看！"他努力地张大了嘴巴。

妈妈咔嚓咔嚓给他拍照片，一连好几张，让他看。

他从中选定了一张——

"这张！这张嘴巴最大！"小男孩得意地说。

得意之余，他要求餐桌对面的妈妈，也把嘴巴张大，他要看看。

于是，妈妈也张大了嘴巴——嘴巴里有一颗刚拧上的螺丝，牙龈都还没拆线！

双双看了看妈妈的嘴巴，又看了看自己的照片……服气了。

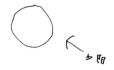

夕阳

⚫ 大柳树的头

放学已是天黑，又路过那棵歪脖了大柳树。

"那天，就是去接你的路上，被它撞了头。"妈妈指着这棵树说。

"锯掉它！"又又斩钉截铁地说，"拿个锯子，锯掉这一截，它就不会再撞妈妈的头了！"

"我还有一个好主意！妈妈，锯掉后，再给它盖个瓶盖，铁的瓶盖，它就不会再长出来新的、撞你的头啦！"

一阵晚风吹过。

大柳树忽然在风中颤抖起来。

☞ 一点甜

久咳不愈，抽了血，哭过了。

等待化验结果的间隙，母子俩高高兴兴地坐到咖啡吧里吃甜点。

吃完这个蛋糕，我们还回头去找医生。

爸爸在二楼另外一个科室，马上就下来跟我们会合。

生活就是这样——

永远狼狈。但是永远可以找到一点甜。

⦿ 半个月亮

过问莲桥的一瞬间，又又停住不走了。

"看！半个月亮！"他站在桥上，用手指向天空。

妈妈告诉他，有一首歌正好叫《半个月亮》，问他想不想听。

当然想听。

于是从桥上下来，沿着后海的白玉栏杆，妈妈轻轻地唱给又又听——

半个月亮爬上来，

照在我的姑娘梳妆台。

请你把那纱窗快打开，

再把你的玫瑰摘一朵，轻轻地，扔下来。

白日放歌，月下听琴。

好日子大概就是这样的。

● 长亭外

一个爸爸坐在儿童椅上，一动不动。

这是一个很不舒服的姿势。

这是双双最舒服的姿势。

他趴在爸爸胸前，脑袋埋在爸爸的怀里，一动不动。

双双生病总是很乖的。

四岁的双双会准确描述自己生病的感觉。

他非常配合地吃药。他把雾化机的罩子稳稳摁在鼻子上。

如果想吐，他会抬手示意，然后准确地吐进垃圾桶里，尽量不弄脏衣服和床单。

他只要抱。

于是爸爸就一直抱着。三十斤重。

妈妈也轮班。

妈妈力气小，抱不了一会儿就抱不动。

但是这个妈妈会唱歌，一唱歌，就忘记抱不动。

今天小双不让唱《小鼓响咚咚》，也不让唱《玛丽有只小羊羔》，他点名要求妈妈唱《送别》，并且不许唱"一壶浊酒"的那个"酒"。

妈妈当然也很乖，按照规定，唱起了没有"酒"的《送别》。

"这首歌的名字不叫《长亭外》，它的名字叫《送别》。"病得毫无力气的双双认真纠正。之前，我们在家提起这首曲子都说成是《长亭外》。

没有"酒"的《送别》唱了又唱。

然后妈妈唱起《阳关三叠》。

清和节当春。

渭城朝雨浥轻尘，客舍青青柳色新。

劝君更尽一杯酒，西出阳关无故人。

霜夜与霜晨。

遄行，遄行，

长途越渡关津，惆怅役此身。

历苦辛，历苦辛，

历历苦辛宜自珍，宜自珍。

这支曲子永远呈现出一种迷人的悲凉，好像说不完
的话藏在里面。

双双在这听不懂的曲子里，不知不觉睡着了。

⓫ 网络无法连接

又又说，要给我们演唱一首《小红帽》。全家都很期待。

等了一会儿，传来一个蚊子哼般的又又版《小红帽》。

"又又同学！音量调到四十！"双双表示忍无可忍。

"抱歉，网络无法连接！"一个机器人哥哥的回答。

(一个机器人哥哥)

❿ 一整晚都在充电

早餐的餐桌。

"批评妈妈！"爸爸很严肃。

因为这个糊涂虫妈妈，昨晚把充电线忘在了又又的小床上。

"又又一整个晚上都在充电！"爸爸说。

正在低头喝粥的又又顿时乐了起来。其实他昨天在被子里睡了一整个晚上，并没有发现自己正连着一根线在充电。

"这家伙还是没电的比较好！"爸爸看着又又，语重心长地叮嘱妈妈，"充了电，可不好对付了！"

是的，以后不能再把充电线忘记在床上。

一个被批评了的妈妈记住了。

❶ 机器人名字

双双给我们全家每个人都取了一个"机器人名字"。
双双自己的"机器人名字"，是一个四位数的数字。
如果你喊双双的"机器人名字"，他就会飞快地大声
回答：

"在！主人，有什么吩咐？"

⑪ 请假

后海的冰层已经连成片了。

那些游泳的人仍然一如既往跳进去游泳。

刮大风真爽!

尤其是海边的风!

又又就在这凛冽寒风中不停地惨叫:"早知道,就让
爸爸给我写假条,我就不用出门上学了!"

"哦?那假条上怎么写?亲爱的刘老师(不是幼儿园
的刘老师了,是小学二年级的刘老师),因为今天刮
大风,我就不去上了?"妈妈问。

"对!对!就这么写!"二年级的又又被风吹得龇牙
咧嘴。

"你们刘老师看见这假条会怎么想呢？"妈妈追问。

"太好了！"又又应声说，"我们刘老师肯定会这么说！刘老师还会在心里偷偷地说，早知道我也不来了！"

◐ 夜的钢琴曲

晚上，妈妈弹了一首《梦幻曲》，再弹一首《小夜曲》，再弹一首《夏日最后的玫瑰》。

又又忽然说："妈妈，你弹《夜的钢琴曲》吧，我想听着这首曲子睡觉！"

"你从哪儿知道《夜的钢琴曲》的？"

"我们美术课上……美术老师喜欢放这首曲子。"

再一遍。再一遍。再一遍。

又又不再说话，他在自己喜欢的曲子里睡着了。

❷ 柿子攻击！

已经是冬天了。

幼儿园的柿子树还擎着许多霜后柿子，最终树会放手，柿子会一个一个掉下来，啪嗒一声掉在地上，或者掉在头上。

"小心柿子攻击！"

当我们走过幼儿园的一棵柿子树下时，双双的一个同班同学提醒道。

"小心柿子攻击！"

双双大笑着重复说了一遍。

"柿子攻击！"

这可不是植物大战僵尸里的场景。

鲨鱼舞

在即将到来的《快乐的旅行》的演出中，双双扮演小鲨鱼，提醒我们防备"柿子攻击"的同学扮演犀鸟。

早晨，妈妈刷牙的时候，双双轻轻地跟了进来，跳了一段鲨鱼舞。

可爱极了！

✎ 太伤心了

晚上，七岁的又又读《獾的礼物》。

读着读着，他把头埋进被子，读不下去。

"太伤心了。"他说。

● 用根木棍擦一擦

"妈妈，下次吃生日蛋糕的时候，可不可以不要用那种打火机！" 四岁的双双比划着说，"用根木棍，擦一擦，就有火了！"

"噢，那叫火柴。" 妈妈很惊讶——他从哪儿知道的火柴？

"对，火柴！放到石头上使劲擦、使劲擦，然后就有火了！我们用那个火，点生日蜡烛！"

哦，那不是火柴，是钻木取火。

● 时间的形状

"妈妈，你知道时间是什么形状的吗？"
又又跳进浴缸里，除了验证阿基米德定律，还提出
一个高级问题。

"不知道。"一个老老实实的妈妈的老老实实的回答。
于是，又又继续洗澡，不再关心"时间的形状"。

过了一会儿，妈妈发现浴缸旁赫然放着《时间的
形状》——
原来是爸爸今晚的泡澡书。

☷ 磕磕绊绊的曲子

今晚弹琴。

弹的曲子是《平安夜》《祝你圣诞快乐》和《奇异恩典》。

前面两首是今天下午现搜出来的谱子，晚间边弹琴边录音，录了有二十来遍，似乎也算熟稔了。

哥俩在这琴声里熟睡之后，我自己从手机里放《平安夜》的录音。

前面许多遍磕磕绊绊的录音里，能听见双双的大笑和又又的说话。然后呢，曲子越来越流畅。然后呢，笑渐不闻声渐悄，孩子们就这么香香甜甜地在一首《平安夜》里睡着了。

因为有了孩子们的声音，这些磕磕绊绊的录音也舍不得删了。

● 普普通通的又又

在这间小小教室里，我们的张又又只是三十一个小朋友里面普普通通的一个。

爸爸妈妈却好喜欢他，也好喜欢他的普普通通——种多少、收多少就好！

如果收获太多，爸爸妈妈反而会感觉不真实，有一种不劳而获的慌。

✿ 那不是我吧

家长会开完，妈妈还没到家，老师给又又的表扬就
先到家了。

当妈妈赶到家，又又把自己的脑袋深深埋在被子
里——他觉得好害羞。

"那不是我吧？……老师是不是表扬错了？"

又又在被子里瓮声瓮气地说。

答案是肯定的

◑ 挣分

不知道从什么时候开始，家里盛行挣"分"。

脱衣服、穿衣服动作快，加十分。

自己拿拖鞋，加五分。

自己拿浴巾，加五分。

第一个洗完澡，加二十分。

第一个刷完牙，加二十分。

忘记冲马桶，扣十分。

忘记拿拖鞋，扣五分。

忘记拿浴巾，扣五分。

帮弟弟／哥哥拿拖鞋，加五分。

帮弟弟／哥哥拿浴巾，加五分。

总之这个家里，几乎所有的动词，都能极其功利地

转换成　种看不见摸不着的……"分"。

明码标价。

一分钱不花，全凭子虚乌有的分数，就能让哥俩抢着洗澡、刷牙，竞赛般地脱衣服、穿睡衣。

看起来，数字化的家庭管理真是一件大好事！

好景不长——慢慢地——在这个家里——

"爸爸，我尿完尿冲马桶，加几分？"双双尿完尿，不冲，要先找爸爸问清楚行情。

"尿完尿必须冲马桶，冲马桶不加分。"爸爸平静地说。

"不公平！上次我忘记冲马桶扣了十分！这回我冲马桶应该加十分！"双双愤怒地喊了起来。

"不冲马桶扣分。冲马桶不加分。必须冲马桶。"爸爸假装平静地说。

"今天我又把作业在学校写完了，我又是第一个收拾完书包的！"这一回，来接又又的是爸爸。

"太棒了！加二十分。"爸爸平静地说。

"不公平！上次妈妈给我加了二百分！"又又愤怒地喊了起来。

"第一次，加二百分。第二次，加二十分。"爸爸假装平静地说。

爸爸和妈妈，不仅自定义这套打分系统，而且疲于奔命地做系统维护……钻研算法！几近崩溃！

在系统自动崩溃之前。

四岁张双双盲目地追求加分，其实他根本算不清自己到底有多少分。所以呢，他一会儿就要问一下总分，一会儿就要问一下总分。一个数学极差的妈妈总是错误百出。

而七岁的张又又竟然研发出来一套赚分秘籍！

他把一个动词分解成好多步，绞尽脑汁地每一步都搞到分！

比如说洗澡……天晓得！

又又给浴缸放水要加分，语音倒计时要加分，关水龙头要加分，脱衣服加分，进浴缸加分，出浴缸加分，拿拖鞋加分，拿弟弟的拖鞋加分，拿浴巾加分，拿弟弟的浴巾加分，穿衣服加分。

他就这么一通加分加分加分，扬扬得意地一通自我吹嘘加自我膨胀。

一个倒霉的弟弟一屁股坐在地上，因为哥哥给他帮忙而绝望地大哭，并且循环播放——

"哥哥他帮我拿浴巾了！

"哥哥他帮我拿拖鞋了！

"哥哥他帮我拿浴巾了！

"哥哥他帮我拿拖鞋了！

"哥哥他帮我拿浴巾了！

"哥哥他帮我拿拖鞋了！"

一个铜板都没有。

家里到处充满了铜臭味！

又又八岁

双双五岁

疼痛已经是很多年前的往事，都快忘了。

而喜悦是真真切切的。

家中诸事长长短短，

欢喜和烦恼也消消长长，

无数个普通的日子，

像流水一样平淡无奇、不声不响地淌走了。

正如同湘江河水，永远也淌不完。

人的一生就在这一个、又一个、再一个的三十年里，

顺流而下、不可回溯。

⬤ 好人会变坏吗

今晚的餐桌话题很沉重。

我们还是把凶案告诉了孩子们，并且告诉他们自我
保护——逃跑。

"好人会变坏吗？"

"坏人还会变成好人吗？"

这是孩子们的问题。

● 哥哥不在家

张又又不在家的第一天。

弟弟说："趁着哥哥不在家，我帮他写作业！"

无话可说

❸ 一千个小弟

"如果你有一千个小弟,你用来干嘛?"

双双最近老拿这个问题问,问了又问。

真天真呀!

❶ 我受够了!

今晚，非常罕见地，兄弟反目，隔山吵架。

"我不想在这个家里待了！我要离开这个家！"又又并没有老老实实躺着，而是气呼呼地坐在他弟弟的小床上，眼睛里含着泪水。

他说了很多遍。

每一遍都一模一样的重复。

"我受够了！我不想家里有弟弟妹妹！我不想在有弟弟的这个家里待着了！"这一回终于听明白了，他是对他弟弟有意见了。

"我受够我弟弟了！"又又还在哭。

与此同时，另一张床上传来一个捶胸顿足的哭声："我还要我的哥哥！我还要我的这个哥哥！妈妈！不要让哥哥离开我们家！"

"那好，弟弟，我给你三个月期限，如果三个月你还表现不好，我早晚都要离开这里！"又又还在哭。

可是，他弟弟根本就不管什么三个月期限，还死咬着"我要哥哥""哥哥你不要走！"大哭大闹。

"五个月期限！"不知何故，又又单方面延长了制裁期，"五个月你还表现不好，我早晚都要离开这个家！"

一个四岁的弟弟，根本不知道自己犯了什么事，疯狂地哭喊："我要哥哥！我要我哥哥！哥哥你不要走！"

妈妈只好安慰他，哥哥不会离家出走，因为，哥哥的书包还在家，哥哥每天还要去上学呢。

"那我放了学就去××家，或者去××家！再也不回来了！"七岁的张又又早就想移民他铁哥们儿家了，今天终于借机喊了起来。

"那行！反正我认识××，也认识××！"双双干脆利落地批准了他哥的移民诉求，"那你就去吧！不用回来了！"

又又立即傻眼，又开始狂喊："我受够了！我受够我弟弟了！我不想家里有弟弟！"

妈妈给他们出了一个主意："这样吧，我们重新来！弟弟当哥哥，哥哥当弟弟，怎么样？"

"不好！破主意！"张又又说。

"不好！破主意！"张双双说。

"而且还是个馊主意！臭主意！坏得不能再坏的主意！"

又又给妈妈这个主意踩上一万脚，然后他笑了。

未来的××××年××月××日（×）
我和第第春三河边搭起了房子，高兴极了。

◑ 穿帮

"妈妈，你给我买一朵雪莲花吧！"今早上学路上，又又忽然说。真不知道他从哪儿道听途说来的雪莲花。

"好啊，你带路，去哪买，妈妈给你买。"
又又傻眼了，他并不知道哪里能买他要的雪莲花。

"雪莲花啊，哪里都没有卖的，只有天山上才有。"
"去天山！去天山！"七岁的张又又并不知道天山在哪里，他只想要雪莲花。可是妈妈为难得很，吞吞吐吐地告诉他，去天山的路难得很。
"而且啊，到了天山也采不到雪莲花。天山上住着神仙，神仙可不想让普通人类看见，人一靠近就变冰雕了！"妈妈一边说，一边定在原地一动不动，假装变成冰雕的样子。

好好的神仙，为什么要住在天山上？

又又很气愤："神仙不是会飞吗？让他们飞走。"

"神仙也得有地方住啊！天山啊就是神仙的家，他们白天到处飞，晚上还是得回家。"妈妈告诉又又，神仙飞得比飞机还高，所以呢，平时我们根本看不见有神仙。

又又可不买账，眼珠子骨碌一转："你骗人！根本就没有什么神仙！"

"怎么可能！谁告诉你没有神仙的？"妈妈追着他问。

"我自己觉得的！"又又理直气壮地回答，很快出卖

传说

了爸爸，"爸爸也说过，没有神仙。"

"你爸爸没见过神仙！所以他说没有神仙！"妈妈一边嘲笑爸爸没见识，一边科普又又，"你想啊，如果没有神仙，那神仙故事是从哪儿来的？"

"瞎编的呗！瞎编着玩儿的！"又又毫不犹豫地说，"也或许是讲故事的人说错了，听错了，或者看错了。"又又生动地描述了什么叫"以讹传讹"，虽然他还并不知道这个成语——

"比如说，变冰雕的，冰雕里面其实冻住的是一个动物，并不是一个人。传来传去，不知道怎么就变成人了。其实那根本就不是神仙干的！"

神仙这种东西，穿帮了！

⟁ 魔法是假的

昨晚。

张家兄弟挤到一张床上睡，还有又又的毛绒狗，双双的毛绒胡萝卜。

妈妈弹琴都快把自己弹得睡着了，他俩还不睡！还在贴着耳朵说话，低低地笑。

"妈妈，我们想让狗和胡萝卜去另一头睡觉，行吗？"在黑暗的琴声里，一个声音从高处传下来。

"不行！等你们睡着了，狗就会把胡萝卜吃掉！"黑暗里琴声顿了顿，一个声音原路返回到高处。

沉默了一会儿，一个疑惑的声音飘了下来："可是，妈妈，这些是毛绒玩具！毛绒狗是不会动的！"

"等你们睡着了，它们就会动了。"一个冷静的、肯定的、言之凿凿的声音原路返回。

"骗人！魔法都是假的！"又又说。

"骗人！魔法都是假的！"双双说。

"是真的。你们想想，去年一整年，彼得·潘从窗户外飞进来找你玩，忘了吗？"

沉默了一会儿，又又说："可那是梦！在梦里，我们想怎么做梦就怎么做梦！"

（去年一整年，彼得·潘常常飞进来把双双带去永无岛上玩，早上再把他送回来。彼得·潘一次都没带走过又又。）

妈妈并不说话，沉浸在一曲《梦幻曲》里。一曲终了后，平静地说："在永无岛上的那些事情都是真

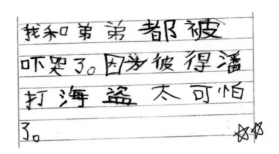

我和弟弟都被吓哭了。因为彼得潘打海盗太可怕了。

的。不是做梦。"

"弟弟，你是真的跟彼得·潘去了永无岛吗？"

"真的。"

"永无岛上那些好吃的、好玩的也都是真的？"

"真的。"

妈妈笑了。

还没来得及笑更久一点，上面飘下来一个四岁的声音："彼得·潘是真的。可是妈妈，魔法都是假的！"

"难道你还不知道吗？"双双惊讶地说。

◉ 音乐是有等级的

"妈妈，你知道吗？"又又一边吃着冰糖葫芦，一边闲闲地给妈妈科普，"音乐，是有等级的！……等级错了，就会杀头！"

妈妈吓了一跳！
赶紧认真想了一想，昨晚并没有胡乱弹琴。

"我们音乐老师说了，在古代音乐是有等级的！有的音乐只能皇帝听，如果你听就会杀你的头！"
"我们现代就没事了，"又又安慰他的妈妈，"什么都能听！随便听！"

⬛ 皇帝还是个小孩

又又央求妈妈给他把课本里的这首《示儿》从头至尾细细讲了一遍。

他知道"宋",也知道"南宋",但不是很明白"金"。妈妈能给他讲"九州",但不能给他讲"万事空"。

"死了,就是像《獾的礼物》里面的'獾'那样,对吧?"

这是七岁的张又又对"死去元知万事空"的理解。

前段时间,他看这本《獾的礼物》还伤心地哭过。

"妈妈,陆游他是怎么死的?"

"病死……噢不,老死的。"擅长描写自己衰病残朽的陆游活到了八十多岁,进古代诗人长寿榜应该不用靠挤。

"难道他不是跳悬崖死的吗？"又又瞪大了眼睛，他的冰糖葫芦已经快吃完了。

"我们音乐老师说陆游是跳悬崖死的！"

"不是语文老师？"轮到妈妈瞪大了眼睛。

"就是音乐老师！她从网上查的！还有我们的卫生老师也在！"为了证明音乐老师，又又拉上了卫生老师作证。

"好吧，那你们音乐老师说的跳悬崖的应该不是陆游，而是陆秀夫。陆秀夫也是南宋的，他是跳悬崖死的。他是背着十岁的小皇帝一起跳崖死的。"妈妈其实记错了，小皇帝只有八岁，并不是十岁。

这个时候的敌人已经不是"金"了，而是"元"。

"他们为什么要跳悬崖啊？"又又对这段故事又好奇

又害怕。

"因为他们不想投降，不想被抓起来给俘虏呗！他们没办法了。"又又不明白"被俘虏"，妈妈解释给他"就是关监狱"。

"要是有人不想死，想要被俘虏呢？"

"是啊，有的人宁愿被俘虏也不愿意死，有的人宁愿死也不愿意被俘虏。所以啊，有的人选择投降，有的人选择死。"

"我觉得那个小皇帝他不想死。他还是个小孩！"

又又同情那个不到十岁的小皇帝。

不过，他也没有什么办法。

⚋ 我不想要妹妹

"你喜欢你的这个哥哥吗？"
"喜欢！"

"你喜欢你的这个弟弟吗？"
"喜欢！"

"再来一个妹妹怎么样？"
兄弟俩异口同声地拒绝了——
"我不想要妹妹！"

"好不容易跟我这个弟弟搞熟了，我可不想再费劲重
新熟悉一个妹妹！"

◑ 冬眠

明天。又又就去冬令营了。

中午。双双忽然宣布："我要冬眠！我要一直睡一直睡，睡到春天！"

这太好了！我们即将迎来一个真正的假期！

爸爸妈妈决定，等明天一早送走七岁张又又，不再叫醒四岁张双双，就让他一直睡一直睡，睡一整个冬天，睡到三月一日那天，再把他叫醒去上幼儿园！

哥哥好心给了个建议：找个山洞睡觉。

弟弟拒绝了："谢谢，不用，我在草地上睡就行。"

才一会儿工夫，他又改变了主意："我还是在帐篷里睡吧！"

哥哥好心给了第二个建议：吃饱了再睡觉。"不然，
你会饿死的，弟弟，"哥哥忧心忡忡地说，"动物们
也都是吃得饱饱的再冬眠。"

哥哥的建议起了作用。

这顿饭，哥哥吃得很少，双双吃得很多。

饭毕。双双宣布："我还是不冬眠了吧！冬眠没
意思！"

● 算日子

"哥哥什么时候才回来？"
从又又冬令营的第二天，弟弟就开始算日期。

"哥哥他难道还在冬眠吗？"
四岁的双双一直以为他哥哥是去某个地方冬眠了。

哥哥不在家，洗衣篓里只剩下双双的衣服。
这个弟弟自己懒懒地玩，连衣服都没动力收。

"明天哥哥就回家了！"
小双的眼睛眨巴眨巴，说得好像真的一样。

◉ 好日子

根据又又统计，一路上遇到了七只狗。

二年级的小学生说："今天对狗狗来说，肯定是什么特殊日子，今天早上都出来遛！"

"对！每只狗都有它的好日子！"

今天肯定就是这七只狗的好日子！

"什么是好日子？"

"就是这一天特别开心，特别得意，特别骄傲。"

二年级张又又的好日子就是——

"那一天可以随便摸妈妈的头发，抱抱妈妈，想怎么亲就怎么亲。"

原以为他会说过生日的。

不过呢，属于小学生的好日子可多着呢！

下一个话题、♡是拥抱吗?

◍ 阿弥陀佛

后海太阳不是每天都出来。

后海边有个和尚天天晨跑。

不知不觉已桃红柳绿。

游冬泳的人变成了游春泳。只有这和尚仍然是晨跑的和尚。

"阿弥陀佛！"器械区锻炼的人冲和尚喊道。

"阿弥陀佛！"和尚回应。

"阿弥陀佛！"另一个人冲和尚喊道。

"阿弥陀佛！"和尚回应。

"妈妈，他们说'阿弥陀佛'是什么意思？"又又奇怪了。

"打招呼呗！"

"那为什么要用'阿弥陀佛'来打招呼？"

"你看那英国人，见面是不是说'Hello'来打招呼啊？"

"对，他们也说'Hi'。"又又点头补充。

"你们 Rene 老师，是不是'Hola hola'地打招呼啊？"

"对。"又又有一个母语是西班牙语的、勉强算是美国人的、非常好的英语老师，美属波多黎各人。

"和尚打招呼的方式就是'阿弥陀佛''阿弥陀佛'，你懂了吧？"

"懂了。"

"可是妈妈，"没过一会儿，"懂了"的又又提出了新问题——

"那英国和尚一般都是怎么打招呼的呢？"

⬤ 正中间

今早的早餐桌上，又又有一个重大发现！

"我发现，我们中国地图，中国在正中间！俄罗斯地图，俄罗斯在正中间！斯里兰卡地图，斯里兰卡在正中间！"

从而引申出来一个新问题："是不是每一个国，都认为自己在正中间？"

真是一个好问题。

● 生日礼物

月初，早早地，又又就在家里宣布——
"这个月，我们家有个神秘人物要过生日！你们猜猜是谁？"

之后，每隔几天，又又就跳出来自动提醒——
"爸爸要过生日了！我们送啥礼物给他好呢？"

妈妈收到的建议——
"妈妈，等到三月二十九日那天，晚餐你做一顿大餐吧！那天是爸爸的生日！他一定会很高兴的！"

妈妈收到的另一个建议——
"妈妈，爸爸马上就过生日了！你给他烤个草莓蛋糕吧！他一定会很高兴的！"

妈妈还收到了一个建议 ——

"妈妈，你给爸爸买套乐高做生日礼物呗！爸爸一定
会很高兴的！"

妈妈又收到了一个建议 ——

"妈妈，你给爸爸买两个作业本！再给他买一盒彩
泥！还有一个滑板车！还有一块橡皮！爸爸一定会
很高兴的！"

"嗯，这是爸爸过生日！"妈妈提醒道，"应该送爸
爸最想要的，不是送你最想要的礼物！"

"想想看，爸爸最想要的生日礼物是什么？"妈妈继
续提醒。

"A4纸！"一个欢快的声音喊了起来，"妈妈，你

买很多 A4 纸给爸爸当生日礼物吧，他一定会很高兴的！”

这是一个出版商的儿子，给他爸爸想到的最好的生日礼物。

◉ 努力当爸爸的回报

每一个爸爸，或许身体里都住着一个小男孩。

"我是一个不会玩的人。"他拘谨地说。

他不会唱歌，不会耍宝，不看球不打架，他连恋爱都没谈过！

于是老天派了两个小男孩，来教会他玩，教会一个从来没有当过小孩就已经长大了的人应该怎么玩。

自从当了爸爸，他身体里藏着的那个小男孩，摁都摁不住，时不时就蹦出来玩！并且是名正言顺、理直气壮地——玩！

那一瞬间，他看不见的自己，变成了一个小男孩，那才是他本来的模样。

这就是一个认真努力当爸爸的人，理应得到的回报。

● 如果

"如果，我说的是如果，家里来了一个假的张又又，跟真的张又又长得一模一样。—— 你怎么证明你是真的？"

然后张又又惊恐地发现，一个假设出来的假张又又，真的能把自己完完全全地，打包替换掉！

"哥哥，你玩游戏！那个假又又肯定不能打通关！那个游戏只有你才可以打通关！"

一个无比崇拜张又又的四岁弟弟，绝对不能接受另一个假的张又又，所以，给他哥哥出了这么个好主意！

◉ 没有钱

"爸爸，你小时候有没有电子游戏？"双双问。

"没有。爸爸小时候没有电子游戏。"爸爸说。

双双和他的哥哥痴迷于"植物大战僵尸"已经有一段时间了。哥俩每天都要戴上蓝光眼镜玩一会儿这个 iPad 游戏。

不到五岁的双双，很熟练地用 AI 设置倒计时三十分钟，到点了自己停止并退出游戏。

而他不到八岁的哥哥显然更加痴迷，经常在 AI 提醒了之后，偷偷把闹钟关了，假装没这回事。

他们在 iPad 上玩"植物大战僵尸"。

他们看"植物大战僵尸"的漫画书。

他们还在 A4 纸上画了一个假 iPad，然后在假 iPad 里画上假的"植物大战僵尸"。

总之他们在可以玩 iPad 的时间里玩真正的电子游戏。在不可以玩 iPad 的时间里，在 A4 纸上玩假假的电子游戏。

"爸爸，我不是问你小时候家里有没有电子游戏！我问的是……你小时候的地球上，有没有电子游戏！"

"爸爸小时候，嗯，地球上已经有电子游戏了。"爸爸回答道。

"但是你的家里没有钱，你的爸爸妈妈不能给你买，对吗？"不到五岁的小孩好像一副很明白很懂事的样子。

他这么说，当然是因为，他那上小学二年级的哥哥经常在 iPad 蹦出来购买页面时，这么说——

"弟弟！我们家没有钱！爸爸妈妈是肯定不会花钱给我们买电子游戏的！"

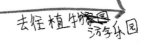

❶ 骗人

"妈妈，一只乌龟能活——A. 三十年；B. 三百年。"
上学的路上，还没走出小区，双双给妈妈出题。

当然选三十年！
妈妈虽然自己活不到三百年，但是那只乌龟肯定也活不到三百年！
"错！"一个扬扬得意的宣判，"正确的答案是——三百年！"

好吧！出题的人就是公布答案的人，自然是想怎么编就怎么编！
可是，出题的人不光夸大乌龟的寿命，他还想夸大乌龟的体型！
"乌龟是世界上最大的动物！"不到五岁的双宝，在去幼儿园的路上，给他妈妈进行劣质科普。

"不对！陆地上最大的动物是大象！海洋里最大的动物是蓝鲸！"

妈妈小时候，大象和蓝鲸还占据各自的排行榜TOP1。虽说现代科学日新月异，但妈妈还是不相信这只乌龟经过三十年的努力就能战胜大象和蓝鲸！……三百年都远远不够！

"大象和蓝鲸不是！乌龟才是！"双双说。

"乌龟不是！大象和蓝鲸才是！"妈妈说。

好几个回合。

沿着胡同的青砖墙走啊走，双双忽然问了："妈妈，你从哪儿听说的大象和蓝鲸是世界上最大的动物？"

"书上说的！"

他一听就笑了："妈妈！书都是骗你的！"

"书上可不会写错！"

"书上也会错！"一个小男孩认真地纠正他的书呆子妈妈，"书就是想让你觉得好玩，它想让你开心！其实书是骗你的！"

"我的这本书上没错！"

"你的那本书在骗人！"

又是好几个回合。

妈妈忽然问了："双双，你从哪儿听说的乌龟能活三百岁，并且是世界上最大的动物？"

"哥哥呗！"在他看来，不到八岁的哥哥，说的任何话都是真理！

"你哥哥难道就不骗人？"妈妈愕然失笑，因为，经常亲眼看见他被又又骗得一愣一愣的。

双双忽然就乱了逻辑——

"妈妈，你说书会走路吗？

"书难道它还长了脚吗？

"你说书难道是一个人类吗？

"书又不会走路对吧？"

末了，他扬扬得意地总结——

"书它不是人。哥哥他是人。"

妈妈完全搞不懂他说的这一堆到底有什么逻辑关系。

妈妈就问一句话："你哥哥骗不骗人？"

"骗！"一个响亮的回答。

❶ 不情愿

今天可不情愿了。

穿袜子的时候捉袜子出气，穿外套的时候拿外套出气，下了楼，要求从后备箱拿出来滑板车，站在滑板车上指挥妈妈推着走。

到了幼儿园，也不像往常一样要去玩会儿滑滑梯，走到小火车前面也不想玩小火车。

"今天八级大风蓝色预警！太冷了！根本就不应该出门！"

双双气愤地扔下这句话，走进了教室。

⏣ 剪头发

一天天地，马瘦毛长。

刚开始是爸爸妈妈忘记剪。

后来是他护着脑袋不让剪。

卷毛脑袋太好看了！人人都这么说！说得他心里美滋滋的，宁愿夏天里动辄一头汗，死活不愿意剪掉他的小卷毛。

"卷毛脑袋好看！"连他哥哥都这么说，"妈妈，我也想像弟弟一样留长头发！"

可是，哥哥和他完全不一样。这个哥哥，从小就长个刺猬头，就算是留长头发，也只能从刺猬变豪猪，绝对变不了卷毛脑袋！

"好吧，我同意剪头发！"即将五岁的小双，脱得光溜溜的，站在浴缸里，看着爸爸大声地说。

"我不想当卷毛脑袋了。请把我剪成刺猬头，谢谢！等我变刺猬，我就去森林里扎果子吃！"

"你可当不了刺猬头。"

爸爸手上拿着一个吱吱作响的电动推子。

那个电动推子已经来我们家第八年了。它的吱吱声里，仿佛永远都兴高采烈地唱那首澳大利亚民歌——《剪羊毛》。

❷ 未来的两个小孩

七岁半的张又又在自家阳台上宣布，他已经给他未来的两个小孩取好名字了 —— 一个叫智远，一个叫智近。

"智慧的智！定远的远！"他斩钉截铁地说。

"好名字！"爸爸评价。

"怎么听起来像两个和尚？"妈妈评价。

✪ 传统打爸爸法

"爸爸！我打你啊！"

通常，在开打之前，双双会发出这样的警告。

这个爸爸根本就不怕打！

不管对方是一个人还是两个人，不管是正面攻击，还是搞枕头偷袭，还是空中被子打击，一团混战之后，最后总是爸爸赢。

"爸爸，我打你啊！"昨天晚餐过后，双双这么说。

他说的时候，他哥哥在一旁给他使劲加油打气："弟弟，你用'传统打爸爸法'！"

"'传统打爸爸法'？"显然双双并不知道打爸爸还有个什么"传统打爸爸法"。

"对！'传统打爸爸法'！"

"就是用以前一模一样的方法去打爸爸！——爸爸小

时候用 模一样的方法打爷爷！爷爷小时候用一模一样的方法打他的爷爷！他的爷爷小时候用一模一样的方法打他的爷爷的爷爷……"

又又刚刚满八岁，双双马上满五岁。

五岁的双双听得一愣一愣的。

"对对，这个'传统打爸爸法'，又又你可得好好学会了，教给张智近和张智远！"妈妈远远地听见了，专门隔着房间对着餐厅喊。

"智近和智远，就是智近和智远，不是张智近和张智远！他们不用姓张！"他纠正妈妈的错误喊法。

智近和智远，这是张又又未来的两个小孩的名字。那天，他在阳台忽然宣布的。从那天起，这两个只有名字的小孩，就默认是我们家庭的新成员了。

"嘿！那智近和智远学会了'传统打爸爸法'，不就拿来对付我了吗？！"张又又意识到自己给自己挖了一个大坑！他可万万没想到这个"传统打爸爸法"会用到自己身上啊！

可是呢，"传统"就是这样的。
只要你当了爸爸，不管你愿不愿意，按照"传统"，都得挨这么一下！

🔘 那个小孩真倒霉

"妈妈，你弹的这首曲子叫什么名字呀？"

"《小白船》。"

"那你能永远弹《小白船》吗？"

好的，今晚后半程，一直一直弹《小白船》。又又就在这首曲子里睡着了。

双双睡不着。

双双说："这曲了真好听啊！"

双双就在这好听的曲子里，说："妈妈，你知道有个小孩多倒霉吗？"

然后他绘声绘色地讲："从前有一个小孩，他爸爸妈妈告诉他，他是从商店里买来的！哈哈哈哈哈！他是不是很倒霉啊？"

他又接着讲另一个倒霉小孩的故事："从前有一个小孩，他爸爸妈妈告诉他，他是从大街上捡来的！哈哈哈哈哈！你说他倒霉不倒霉？"

妈妈一边弹琴，一边唱歌，还要点头附和："倒霉，那他真倒霉！"然后妈妈问了："你觉得你倒霉吗？"

"不倒霉！因为呀，我是生出来的！"小双借着琴声和歌声的掩盖，说出了一个世纪大秘密："其实，所有的人都是生出来的！哈哈哈哈哈！"

◑ 我想让你最漂亮

"妈妈，我想让你最漂亮！"那天妈妈穿着运动衣、运动短裤和运动鞋去接双双，他明显不乐意了。

"噢，好的！"妈妈顺势讨教，"怎么样就最漂亮？"
"你穿裙子呀！穿裙子最漂亮！"双双干脆地回答，并且补充道，"你穿长裙子！穿长裙子最最漂亮！"

好的，知道了！
穿裙子最漂亮，穿长裙子最最漂亮！

❽ 我应该有零花钱！

"我应该有零花钱！"

学期末的某一天，爸爸转述又又上学路上的嘀咕。

他的二年级快结束了，很快就放暑假，暑假过后就是三年级。他想要零花钱。

当爸爸的一边说，一边点头，一边笑。

当妈妈的一边听，一边点头，一边笑。

家里一个子儿都没有！

我们的张又又从小到大都没怎么见过真正的钱，简直不知道他从哪儿知道"零花钱"。

他知道的远远比我们以为的要多。

"每个月五十元。"

这是他给的报价，应该是他们班里的行情。

"他们一年级就已经有零花钱了……一整年都有零花钱！"

这个"他们"应该也是班里的同学，张又又的观察已经后知后觉。

嗯，好的。

爸爸立即给他买了一块电话手表，这个新手表里放着他的零花钱的二维码和支付条码，一个月五十元。

爸爸又多给了他一笔经费，教他去麦当劳的自助机上给自己买食物，他的手表付账。

接下来张又又在颐和园买水喝，在故宫花五块钱买冰激凌，在十三陵花八块钱买饼干——这些没有扫码枪的地方，手表付账统统失败，可他仍然付账上瘾。

"爸爸妈妈帮你花钱，一个月二百元。你自己花零花钱，一个月五十元。选哪种？"

当然是——毫不犹豫选第二种！自己花掉的钱，才真正是属于自己的钱。

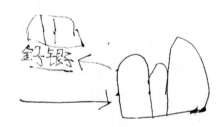

◑ 高手低手

"外公是高手！"又又说。

又又的外公是远近闻名的象棋高手，今天早晨下棋，却谦虚得很："哪里哪里，低手低手。"

事实证明，外公在又又面前确实是"低手"——又又完全不按规则走棋，而且还要赖。

◍ 寒食节

今晚吃日料。

看到今天的晚餐，又又转头告诉他弟弟：

"我觉得今天是寒食节！"

✪ 庆历四年春

上上上周五，去学校开家长会，二年级的数学老师
给我们每个家长发了一张"庆历四年春"。

"这个是要做啥？"

"不知道。数学老师发的。"

一个没去开家长会的出版商爸爸，和妈妈一样心里
嘀咕，并不知道为什么数学老师要发这张写着"庆
历四年春"的纸。但是——

到了吃晚饭的时间，餐桌上传来一个声音："庆历四
年春，滕子京谪守巴陵郡……"出版商饶有兴致地
拿着这张纸念了起来！

"我会背！我会背！"妈妈在阳台听见了，大声跟着
背起来，"衔远山，吞长江，浩浩汤汤，横无际涯，

朝晖夕阴，气象万千……"

背着背着，妈妈发现已经多半忘记，跟不上趟了，急得过来抢这张纸。

爸爸当然不干，急急掩过这张纸，继续念，一直念到"噫！微斯人，吾谁与归！"，然后扬扬得意地把这张纸放到餐桌上。

又又呢，好不容易耐着性子听完了，不解地问道："这是什么？"

"不知道。你们数学老师发的！"爸爸妈妈异口同声地回答。

❽ 水里的老鼠

"蝌蚪真像是水里的老鼠啊！"又又说。

☎ 四岁张双双

冬天的小鹿帽 + 前后穿反了的睡衣 + 套在胳膊上的积木玩具 + 哥哥的芭蕾舞鞋 + 枕头 + 毛绒玩具狗。

狗被他假想成一匹马。并且这狗是有名字的，叫"棱镜草"。

长条枕头被他假想成一柄剑，他挥舞着，从一个房间呼啸而过，又从另一个房间呼啸而来。

他很小心地注意让胳膊上的积木不要掉下来。这积木不知道充当什么重要用途，有两个晚上睡觉套在胳膊不肯摘下来，也不嫌硌得慌。

最近他很迷恋芭蕾舞。

七岁半的哥哥大概有三四双芭蕾舞鞋，拿了其中一双穿小了的送给他，还教他芭蕾舞踢腿动作。

睡衣也常常穿反，不知道是不是故意的，哥哥是故意反穿衣服，或许就是学哥哥。

他很爱他哥哥，对哥哥言听计从。

他同时扮演"跟屁虫"和"应声虫"两个角色，都演得很像样。

闲闲记一笔，四岁张双双。

◙ 问候

"你好！"

"你今天过得怎么样？"

"是不是很好呀？"

"我很好呀！"

双双不到五岁。

这是他跟家里的一个 AI 每天都要说的四句话，一模一样的四句话每天说每天说，说得郑重其事，说得我们全家耳朵都要起茧子！

今天妈妈去接园，每个小朋友都高高兴兴举着一张贺卡。我的小双，也举着他做的手工贺卡，高高兴兴跑出来——

"你好！"

"你今天过得怎么样？"

"是不是很好呀？"

"我很好呀！"

这是他第一次把这四句话说给人类。

这个人类就是——

他的妈妈，在这个母亲节前的周五，得到了原本属
于 AI 的一个日常问候！

● 这个电影很温柔

双双睡不着，从他的小床上爬起来，光着脚来到爸爸妈妈的卧室，钻进被窝，钻进爸爸的怀里。

"别看，你睡觉。"爸爸正在看的美剧里面会有一些血腥镜头。爸爸把小脑袋摁在怀里，让他睡觉。

过了一会儿，一个小小的声音——
"爸爸，我觉得这个电影它很温柔。它并不可怕呀！"

⓫ 输赢不重要

那天早晨。

双双赢了穿衣服比赛。

双双赢了刷牙洗脸比赛。

双双赢了穿鞋比赛。

双双赢了看谁先出门比赛。

等妈妈追到楼下，发现他穿了一件巨长的上衣，却没穿外裤，光着两条腿就去上学。

"早上好！夏天了，用不着穿裤子！"一个邻居阿姨跟他打招呼，他主动说。

一个正在扫地的老奶奶停了下来，看着他笑："小朋友，你是去幼儿园吧？"

"对呀！天气太热了！用不着穿裤子！"他大声说。并没有谁问他裤子的事。

"今天真的太热了！不用穿裤子！"他转头对妈妈也说一遍。他见谁都要说一遍。

不穿裤子虽然很爽，但是呢，大家都没见过不穿裤子的小孩，于是就有了很多麻烦。

妈妈建议他，还是回家去找条裤子穿吧。

"要不然，到了幼儿园，每个老师和每个小朋友都问一遍，你跟每个人都要说一遍，多麻烦！"妈妈笑眯眯地说，然后拉着他的手重新上了楼。

回家重新穿裤子，重新穿鞋子，重新出门，妈妈忽然宣布："穿衣服大赛、穿鞋子大赛、出门大赛——都！是！我！赢！了！"

这一回，当然是妈妈赢了！

双双也不得不承认 ——"妈妈,你赢了。"

然后呢,他用很大声说 —— 铿锵有力得整个楼道都
能听到 ——

"输赢,并不重要!"

经过几番周旋,我总算胜利了。

◉ 妈妈到底几岁了？

"妈妈，你到底几岁了？"

小双又一遍问。他猜了好几个数字，妈妈都喊"不对不对"。

"你几岁？你哥哥几岁？"妈妈牵着他的手，一边走一边反问道。

"我四岁。我哥哥七岁。"

"现在你总该知道妈妈几岁了吧？"妈妈笑眯眯地启发他。

"知道了！妈妈十三岁！"他得意扬扬地公布了答案！世纪大谜团终于解锁了！

天晓得他怎么算的！

其实呢——

再过一个月，他就够五岁了！

再过三天，他哥哥就满八岁！

● Yes

"弟弟，我是个天才吧？"又又站在浴缸里，扬扬得意地问。他等着被"Yes"。

"才不是呢！"一个硬邦邦的、冷酷的回答。

"你又不是很聪明很聪明很聪明！"这是五岁弟弟给他的解释。

"哈哈，那我就是一个笨的天才，对吧？"

"对！"

以上，仅仅是一个小例子。

用来说明我们张又又最后总是能拿到他想要的"Yes"！

❶ 不想要爸爸了

双双发飙把他爸爸从家里赶出去了！真的！

"我不想要爸爸了！"真的很伤心，他是哭着说的。

"好呀！"妈妈干脆利落地响应——"把现在这个爸爸扔掉！"

"行！"

可是……怎么扔得掉呢？

"把爸爸扔进垃圾桶！"妈妈出的主意。

"不行！"双双不答应。

因为，家里的垃圾桶太小了，装不下他的爸爸。而楼下小区里的大垃圾桶，又太臭了，而且，"爸爸会自己爬出来"。

那就没办法了。

妈妈又出一个主意："看看谁家小朋友没有爸爸，就把双双爸爸送给他！"

"不行！下次我不生气了，还想要把他找回来呢！"

是呀，爸爸要是去了别人家，给别的小朋友当了爸爸，就再也回不来了。

"这样吧，把爸爸送去 ×× 家。等我下次想他了，我就去找他回来。"这是双双自己想出来的主意。双双确凿地知道 ×× 家在哪儿，那个地方跑不掉。

"不行！"这回轮到妈妈说不行。

因为，一旦去给别的小朋友当了爸爸，这个爸爸就不再是他张双双的爸爸，不能再听他张双双的话。

"爸爸你大大兴！"

大兴，是个好地方，爸爸开车四十分钟就能抵达，
并且他能在那随随便便就待上一整天！

没过一分钟，他改变了主意——

"爸爸，你还是去楼下待着吧！

"就在楼下！

"一会儿我不生气了，你就上来！"

"好！"

一个爸爸减刑减刑又减刑，兴高采烈地下楼去。

昨天，辣很想把爸爸赶走。

⏺ 欢快的雨

从幼儿园出来，撑伞走在胡同口，好像又并没有真正下雨。

迎面一个女人骑电动车，载着她的孩子，语气欢快地驶向幼儿园——"哇！下雨啦！下雨啦！"

真好。

这个小男孩的记忆里，这就是一场欢快的雨。

● 什么是死

"妈妈，所有的人最后都会死吗？"

很多年前又又问过的问题，双双又一模一样地问一遍。

"当然。不光是人，所有的活着的东西，最后都会死。"妈妈的答案，大概也就是这样，一模一样。

"什么是死？"

"他的灵魂，离开了他的身体，他就死了。"

"那什么是灵魂？"

"身体，是不是看得见摸得着啊？每一个人他脑袋里想的那些事情，他心里想的那些事情，是不是看不见也摸不着啊？总之呢，看得见摸得着的是身体，看不见摸不着的就是灵魂。"

"那，为什么会死呢？"
"因为啊，身体活着活着，就会变老了，变坏了，修都修不好了，走路也走不动了，做什么都没有力气了，什么也做不了了。而灵魂呢，灵魂并不会变老，灵魂可不乐意住在这么一个老的、一动都不能动的身体里，哪里都去不了，对吧？——这时候，灵魂就会想要离开身体啦！"

"灵魂会去哪儿？"
"不知道。肯定会去一个地方，也许是别的灵魂都去的一个地方。所以，我们要锻炼身体，尽量让身体不要变老、变坏，变得灵魂都不喜欢它！"

"嗯，要锻炼身体！"
这是我们那天晚上得出的结论。

❶ 幸亏

晚餐过后，爸爸在收桌子，妈妈在摆碗。

又又忽然要给我们讲一个"牛顿煮怀表"的故事。
"肯定瞎编的！"妈妈笑着说。
"不是瞎编的！"又又急忙说。

说着，他把"牛顿煮怀表"的故事从头到尾讲了一遍：牛顿明明是要煮鸡蛋的，却把怀表放进了锅里煮。
又又已经二年级了，他讲得很好，听着真不像是瞎编的。只是他不知道什么是怀表，因为他没见过怀表长啥样。于是爸爸解释给他听。

"听完这个故事，你有什么想法吗？"

故事讲完了，他给爸爸妈妈出题考试。

"幸亏我们家没有怀表。"爸爸说。

"幸亏我们家没有牛顿。"妈妈说。

☷ 远芳侵古道

"远芳侵古道！"

又又踩着滑板车，在比他头还高的芦苇里，大喊着一路呼啸而过。身后，是一个更小的、淹没在苇草中几乎看不见的弟弟。

"快看！红蜻蜓！"

又又像被魔法定在了苇草里，一动不动。他屏息指着蜻蜓，生怕它跑了。

弟弟可不怕蜻蜓跑了。弟弟大声说他的新发现："直升机就是跟蜻蜓学的！直升机飞起来跟蜻蜓一模一样！"

接下来沿着河走的路途，妈妈都唱一首日本歌——

晚霞中的红蜻蜓，请你告诉我。

童年时代遇到你，那是哪一天？

拿起小篮来到山上，桑树绿如茵。

采到桑果放进小篮，难道是梦影？

每周有一天，我们全家沿着这条河走路一公里去吃饭。

冬天，结冰，河畔空荡荡的，垂柳也不垂，只有呼啸的风。眼下盛夏，同样的一条河流，河里是"荷叶浮萍"，河岸上是"蒹葭杨柳"，鲜活的。
这条河记录了我们的每个周末，我们记录了这条河的春夏秋冬。

爸爸不动声色地拍下哥俩疾驰而过的视频——踩着滑板车从蒲草和芦苇之间掠过的画面——像《聂隐娘》。

⁂ 两蔸海菜（一）

昨晚，听完了三个故事，两个小家伙还不睡觉，在小床上闹腾来着。

"你们这两蔸海菜！"扔下这句话，妈妈气呼呼地去洗澡了。

一边洗澡，一边隔着房间，听他们更加闹腾地一唱一和：

"噢噢！我们是海菜！"

"噢噢！我们是海菜！"

在妈妈的小时候，妈妈的妈妈生气了，也总是这样气呼呼地扔下一句话："你这蔸海菜！"

肯定是骂人的话！可完全不知道是什么意思！

所以，当又又唱累了，问"什么是海菜""为什么我们就是海菜"，这样的问题妈妈无法回答。

有些问题就是无法解释呀！
因为妈妈、妈妈的妈妈、妈妈的妈妈的妈妈……都不曾给出答案！

❷ 两蔸海菜（二）

今天，在一个商场里晚餐。

这家餐馆半自助式点菜。

又又一道菜一道菜地指着问人家"这道菜叫什么名字""那道菜叫什么名字"，直到他听到了一道菜的名字——

"嘿，弟弟！快来看！"

又又一秒钟都不等，立刻大声招呼十米外在沙发座上无聊等待的弟弟："弟弟！看好了！你原来就长这样！"

一蔸海菜兴奋地对另一蔸海菜说道："这就是海菜！"

❶ 我讨厌地库

我们的车在地库里找出口，又又大喊一声："限速五十！"

一看，真的，车辆自动识别的限速是五十。而通常，地库限速是五。

原来，我们开的这段路与地面的道路正好重合，车辆定位并不能分辨出来是地上还是地下。

车辆驶出的一瞬间，双双气呼呼地说："我讨厌地库。"他顺带还踩了一下立交桥："我也讨厌桥底下！"

为什么呢？

"因为呀，我讨厌他们在我们的头上走来走去！"

◑ 妈妈的小时候

"妈妈，你小时候是侏罗纪的世纪吗？"

今天的早餐桌上，五岁的小双问了这么一个问题。

他对"妈妈的小时候"充满了好奇。

"不是。"妈妈喝着牛奶，一只汤包没夹住，包子掉在了餐盘里。

"那么，古埃及呢？"

"不是。"

"加勒比海呢？"

"不是。"

"西部呢？"

"不是。"

他说的"西部"当然是美国西部。

他说的侏罗纪、古埃及、加勒比海以及西部，都是他最近痴迷的"植物大战僵尸"里的场景。

虽然他的妈妈完全不懂也融不进去男生们的游戏，可双双他压根儿不在乎。他只要想方设法地把"妈妈的小时候"摁进游戏场景里，就好了。

⏹ 不公平

有生日蛋糕，当然是有人过生日。

是怎么生出来的呢？——

"弟弟是坐滑梯生出来的！"又又说。

"而我是走楼梯生出来的！"又又接着说。

"凭什么哥哥先出来？"那次，小双气愤地说。

"这不公平！"什么都是哥哥说了算！当然不公平！

一个倒霉弟弟把心里的不公平大声喊了出来。

奇怪，生活在同一个家庭里，每个人都觉得自己的

家庭地位太低了！

❽"诡异"的要求

"要听诡异的。"

这是双双今晚提出的一个"诡异"的要求。

妈妈翻箱倒柜,又找到了一个"湖南的"书,里面藏着一个"湖南的"暗黑童话《熊家婆》,这是妈妈小时候就很害怕的故事。这个故事里有"吃人"的细节,熊外婆把妹妹吃掉,剩个手指头,太可怕了!以至于后来看到《汉赛尔与格莱特》里面,女巫让妹妹把手指头伸出来那样的细节,会立即联想到这个湖南故事。

在外国童话里,好像还遇到了跟《熊家婆》几乎一模一样的故事原型。不是《小红帽》,也不是《汉赛尔与格莱特》,记不清了,但很确凿有这么个隔空撞车的故事。

"保证诡异！"

妈妈念书之前，很有把握地保证道。

今晚讲这个故事，每讲一段，妈妈都停下来问一问：

"这个地方诡异吧？"

"不诡异！"一个五岁的笑嘻嘻的回答。

"诡异吧？"

"不诡异。"

"这里，都嘎巴嘎巴响了！还不诡异吗？"

"不诡异！"一个被"嘎巴嘎巴响"逗笑了的回答。

直到讲完这一整个故事。

湖南故事里藏着"家婆家公""吃小孩""粪桶""匕

首"这些之前从来没有听过的字眼，可是，五岁的张双双仍然大声说——

"一点都不诡异！"

⑩ 三十块钱飞过

人工智能汽车，再怎么智能，也无法自动消火飞进车里来的一只蚊子。

有钱就能！

谁打到车里的蚊子，谁就赚三十块钱！

一家四口，包括坐在司机位的爸爸，全都奋勇争先地找蚊子、招徕蚊子、拍打蚊子。就连五岁的双双，也为了赚这三十块钱，聚精会神、全力以赴地拍蚊子。

钱真是好东西！

小孩子哪怕不知道什么是为五斗米折腰，也知道要为钱奋勇捉蚊。

赚走了这三十块钱的又又，第二天一整天都在家里四处侦查"三十块钱"飞过的痕迹。

◖◗ 二米一

"我有二米一了吗？"双双不断地问。

八岁的哥哥在很多地方都要买票了，他只有五岁，在哪里都不用买票。

比如说，今天坐高铁，哥哥可以轻轻松松从口袋里掏出一张车票，验票机吞进去吐出来，开闸过关。弟弟拿不出票，玩不了这个吞票吐票的游戏，只能羡慕。

他想快快长到一米二，却把数字记反，记成了二米一，白白让人取笑。

❹ 湘江与淮河

我们的火车一路驶来。

"黄河！"车驶过济南，窗外浊浪翻滚。

"泰山！"车驶过泰安，远处一个巨大的轮廓。

"湘江！"车驶过枣庄，驶入安徽地界，一条大河横穿而过，看着远处的跨江大桥，又又喊了起来。

"淮河。"爸爸纠正。

爸爸妈妈都笑了起来。

上次坐火车，也是这样，一天之内纵贯黄河、长江、洞庭湖和湘江。

湘江，是妈妈的江。

淮河，是爸爸的河。

这是属于我们家庭的地理课，也是属于我们家庭的历史课。

这些大大小小的地理和历史坐标，这些细细碎碎的爸爸和妈妈的小时候，都藏在这个夏天里，全都白送给我们的张又又和张双双——

不要钱！

⏣ 不为鸡蛋哭

卖羊肉串的在摊位旁边挂了两只杀好的羊，另外还有一只没杀的羊。我们仨在棚里吃面条，又又在外面和这只羊玩了好长时间。

车开出去好远。又又忽然哭了起来："我不想让小羊被杀死！我不想让小羊被杀了吃掉！"

我们一路安慰，那只小羊不会被杀死，它不是用来吃的，是做生意的放在门口招徕生意的。我们为这只羊编了很多，又又还是很伤心地哭，因为他知道这只小羊一定会被杀了吃肉。

上上次在奶奶家也是这样。

哥俩拿一只鸡当宠物，跟它说了许多话，克服了心里的害怕去抚摸它，还给它取了名字。

那只被取了名字的鸡，被捉走，杀掉了。变成了午餐。

那次，他也是这样伤心地哭过。

上周在奶奶家。

又又搜罗了七八只鸡蛋，然后很认真地坐在上面孵蛋。他幻想着那些鸡蛋孵出来鸡，然后喊他"爸爸"。

他倒是卖力孵了很久，却抵不过一个疏忽大意，七八只鸡蛋只剩下两只，其余的都被拿去厨房变成了炒鸡蛋。

剩下的两只，一只名字叫"智近"，另一只名字叫"智远"，走到哪里都随身带着，想起来就孵一孵，晚上放进被窝里继续孵。

"智近"孵了两天，扛不住碎壳了，蛋黄蛋白喂了刚破壳的小甲鱼。

"智远"只多扛了一天，也磕破了，连同碎壳躺在酒店的写字桌上。

又又毫不气馁，又捡了两只鸡蛋从头开始孵，新名字分别叫"智近2"和"智远2"。

"智近2"和"智远2"并没有比"智近"和"智远"更胜一筹，各自宣告失败。

鸡蛋不是鸡。

鸡蛋孵不出鸡，并不是死了。鸡蛋不算动物。鸡蛋不会死。

又又很明白这个道理。

他为死了的鸡哭，他为即将死的小羊哭，他不会为鸡蛋哭。

❸ 有没有小偷

长途跋涉，终于到家。

家里样样都好，还是出门之前的样子。

可是又又仍然不放心地说——

"快看看有没有小偷来过。"

当然没有小偷！

家里一个子儿都没有！偷什么偷？

何况，"如果小偷来了，手机就会自动提醒爸爸"。

一个致力于研究人工智能的出版商胸有成竹地说。

๑ 发誓

这个儿童乐园叫"元气的森"。

八岁男孩和五岁男孩，一进到里面几乎要玩疯掉!

从没听说有这么个怪乐园。各种体能挑战，各种木头绳索、钢筋水泥甚至脚手架，各种匪夷所思的迷宫和破解玩法，根本停不下来!

要闭园了，我们才发现双双已经累得连走路都东倒西歪，他还舍不得出园，还想要玩!

去吃晚饭的路上，又又发誓将来要带他的小孩再来玩一遍。

双双犹豫了一下，紧跟着也发誓将来要带他的小孩来!

✪ 世界上最可怕的动物

一个睡不着觉的小孩，
是世界上最可怕的动物。

我搂着一只世界上最可怕的动物，
终于让他沉沉睡去。

每一个沉沉睡去的小孩，
呼吸均匀的脸上都露出菩萨般的微笑。

好了，
现在轮到陪睡的这个人，
来当世界上最可怕的动物。

❶ 神仙妈妈

今晚。躺在黑漆漆的床上。

有一搭没一搭地说话。

一个五岁的声音忽然说："妈妈，你刚才站着，窗帘关上了，灯关上了，你站在那里好像嫦娥呀！"

"对，嫦娥奔月的那个嫦娥！"一个八岁的声音响应道。

"哦？……嫦娥？哪里像？"

"头发像！"

"妈妈的长头发最像嫦娥！"

在五岁和八岁的男孩眼里，大概所有的神仙姐姐都长着长头发——以及，神仙妈妈。

● 奇特的爱

"我想，最好还是写双倍作业！"（仿佛有多爱写作业似的！）

—— 说这话的人半个小时前还坐在他的作业前愁眉苦脸。

"那样的话，等弟弟上小学，他就不用写作业了！"

—— 他爱他的弟弟，并用这种奇特的、爱的方式来打败作业。

● 刚出壳的小鸡

弟弟正热衷于假装自己是一只刚出壳的小鸡。

"鸡妈妈，我爱你！"他搂着妈妈的脖子。

"鸡哥哥，我也爱你！"他隔着妈妈喊话。

"我也爱我的鸡爸爸！"他隔着一个房间朝着空气说。

"我也爱我自己！"他没有把自己给忘记。

● 看我多勇敢

"哥哥！你看我有多勇敢！"

说完，双双拿自己的脑袋去撞门，撞得梆梆响！

他原本在玩乐高，玩得好好的，忽然在全家众目睽睽之下逞起了匹夫之勇。

一边撞，一边得意地说："我还能撞墙呢！—— 看我，勇敢吧？"

"弟弟，你那叫犯傻，不叫勇敢！"又又抬头看了一眼，继续写作业，"弟弟，你真是太搞笑了！"

⒅ 再做一本书就有钱了

那天，在博多车站，双双吵着要买一包糖果。

"你看，没钱了。"确实，最后的一个铜板刚刚扔进
了自动买票机，买了机场巴士票。

"爸爸，那你再做一本书呗！你再出一本书就又有
钱了！"

❶ 嘴麻

"我的嘴好痒。"

今天的午餐桌上，双双说。

"我的嘴巴里好像有东西在爆炸。"

今天的晚餐桌上，又又说。

他俩试图形容的这种味道叫——"麻"。

⓫ "抠"有三个字

今天晚餐，妈妈花了一块钱买了绿豆芽，又花了五块八毛钱买了四百克河粉，又从炒菜花的肉沫里兑了一点肉沫，就能炒出来一大份比日昌好吃的炒河粉——第一次尝试炒河粉。

"比日昌的好吃。"今晚这道炒河粉得到的评价。
"过两天送你什么生日礼物呢？"一个被抓住了胃的人继而进献他的心。

"一个热情的拥抱！"吃完了饭在房间里埋头写作业的又又大声地说，"这就是妈妈最喜欢的礼物！"
"一个热情的拥抱！"双双说，"好吧，那我也送给妈妈这个生日礼物！"
"太好了！一个热情的拥抱！"爸爸高兴地朝又又

喊过去，"谢谢你的提醒！这肯定是妈妈最想要的礼物！"

气死我了！

之前只知道"抠"就一个字！

今天明白了——"抠"有三个字！

◉ 外星人

又又向弟弟宣布他的新发现——"对外星人来说，我们不就是外星人吗？"

特别有道理！

双双被他哥哥高水平的智力惊到，期期艾艾地问："那那那那……外太空的宇航员………算算算算外星人吗？"

◑ 五岁的杞人

"妈妈，万一火山爆发了怎么办啊？"
五岁的杞人把脑袋塞进枕头底下，担心地问。
"我害怕得睡不着。"他反复地说。

刚刚过去的这个夏天，他刚好去看了一个热腾腾正在冒热气的活火山，火山灰落到他的脸上和手上，黑黑的一层。
那么，火山口里面到底是什么呢？
"一口大锅。"

按照妈妈的说法，那锅里面煮着一锅汤，只等着双双一靠近就掉进去，变成一锅肉丸子汤。
幸好上山的道路封闭了，火山喷发的活跃期，缆车都停运，直升机也不肯飞了。

谢天谢地，双双没有了变肉丸子的风险——不会伸长脖子往里看去，然后从锅沿"扑通"一声笔直地掉下去。

谢天谢地，我们全家四个人统统没有变成那锅汤里面的肉丸子，安全地回到了北京，每天晚上可以舒舒服服地躺在床上睡大觉——呃，双双除外！

关灯已经很久了。他一会儿要喝水一会儿要尿尿一会儿要胳膊一会儿又不要胳膊一会儿要换床——一个晚上能换三张床！

"要是火山趁我睡着了，忽然爆发了可怎么办啊？"在黑暗里，一个自言自语的问题。他不是不想睡觉，他只是担心得睡不着觉。

妈妈并不回答，只伸过胳膊把他一揽，拍拍他的后背，再拍拍他的后背，再拍拍他的后背。

"哈哈，我们小区里，根本就没有火山！"

他自己忽然就想明白了这个道理，用不了一秒钟就睡着了……比参禅顿悟还快！

◉ 通票，月票，年票

双双的表演上周卖了三十块钱：连演五天，三十块钱，上周就演完了。

昨天，他找到他的爸爸，要求继续表演。

"这次免费。"

免费的原因是——"你上回买过我的通票。"看来爸爸花的那三十块钱，真金白银一点儿也没浪费！

"爸爸，年票一千块。"

"爸爸，你还可以买月票，一百块。"

超级 VIP 客户爸爸被殷勤地围着兜售。

不用说，这是哥哥帮他捣鼓的新业务。

这个夏天，哥俩靠打蚊子挣了不少钱。

夏天已经过去了，不再有蚊子可打，他俩得找新门道挣新钱。

今晚。又又拉着他弟弟，埋头画了覆盖一整个的演出计划，所有能表演的节目都一股脑儿写了进去，每一项都明码实价。

除了卖表演，他们还卖教学！

在又又画的广告宣传页上——

小学广播体操"七彩阳光"，演出时间每周一、三晚六点到八点，十六元连演三天。

幼儿园广播体操"世界真美好"，演出时间每周一、日晚五点半以后，四十元连演五天。

如果想学，小学课间操一百二十元，幼儿园课间操一百五十元，包教包会！

类似的还有两个：

看跳舞表演五十元，学跳舞一百七十元。
看武术表演五十元，学武术二百元。

对了，他们还卖会员！
会员一百元 / 年——好划算——等他们明天早晨醒了
立马就想办个年卡！

嗯……如果非得把什么写进基因，这么写好像也行。

● 第一个字

昨晚的餐桌上，又又考他爸爸："《新华字典》里的第一个字是什么字？"

"阿。"爸爸说。

"错啦！"又又得意地公布答案——"新。"

《新华字典》里的第一个字，当然是"新"字！

⓮ 心里装着一根竹子

我们要十天后才抵达上海。

上海这个城市，好遥远啊！ —— 还是因为不熟悉的缘故。

孩子们早早就研究了上海的交通图，甚至连具体路线都查好了，像个导航一样指挥即将从哪里哪里换乘，然后再抵达哪里哪里 —— 所有的地铁站都有名字。

五岁和八岁的小男孩，走到哪里都元气满满，好像心里装着一根竹子。

● 三个哥哥

早晨爸爸送上学。

楼下的小姑娘同行一路。走着走着，小姑娘指着双双说："以前我还以为是弟弟，后来觉得是妹妹，今天才知道原来他是哥哥呀！"

妹子四岁，念中班。

双双五岁，念大班。

又一天早晨，爸爸送上学。

又又的同班同学姐妹俩同行一路。走着走着，小姑娘忽然觉得她这个同班同学的爸爸好像有点儿不太一样："别的爸爸妈妈都像个大人，我觉得你像是一个哥哥。"

所以，我们家一共有三个哥哥！

……和一个妈妈！

● 我爱的人

我爱的人——

1

他的头发像刺猬。

2

他像老虎一样长了胡须。龇起牙来就更像老虎了。

3

不想搭理我的时候，他就是这样——把耳朵收得紧紧的，皱着鼻子，眯着眼睛，好让我只能看见他的两只鼻孔。

4

身后是一整个天马行空的宇宙。

5

穿校服。戴红领巾。

6

今年八岁。

2

● 又又九岁

2

🍀 双双六岁

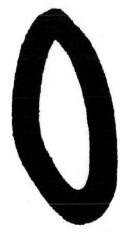

结缡逾十载，两个人如同过家家。

在这样的年龄，仍然在整些有的没的、有用的没用的，好像从来没有真正进入柴米油盐的生活。

有了一个小孩，又有了一个小孩。

一二三四——四个人过家家。

我从前在人群中好孤独，

直到遇见了你——遇见了你们：一，二，三！

于是我们变成了四！

我真是一个好幸运的人！

⊕ 无聊的程度

无聊到什么程度了呢？

五岁的双双找了个麦当劳桶，一屁股坐在上面，一动不动。

"我是母鸡。我在下蛋。"

他下蛋是认真的，好长时间一动不动坐在那儿。

下完蛋了，他还坐在那个桶上不肯挪窝："现在我是鸭妈妈。我在生鸭蛋。"

然后继续一动不动坐那儿下鸭蛋。

实在是太无聊了。

哥哥比他高级一点。

八岁已经能思考更抽象的概念了。

"有没有可能——没有时间——啊？"

昨天，又又在晚餐桌上质疑"时间"这种物质的存在——"比如说，在做梦的时候，我就觉得是'没有时间'。"

"那么，有没有可能，世界真的就——没有时间——啊？"

今天的午餐桌上。又又问——

为什么"今天"是"今天"的"今天"，到了明天，"明天"又说成是"今天"，到了后天，"后天"又说成是"今天"……到底哪天才算是真正的"今天"啊？"

爸爸的回答很简单——

"明日复明日"，又又你想想，哪天才算是真正的"明天"呢？

妈妈的回答更简单——

赶紧去写作业！

再怎么无聊，又又也不愿意写作业。

今天......9点了我要去上课......
然后......12点了我要吃饭了......1点了
我去写作业了......3点了我要玩乐高
......5点了我去吃饭......5点半了我去
洗澡了......6点了我去刷牙了......7点
了我去看电视了......7点半了我去
睡觉了......

❷ 闲得长毛

闲得长毛。

闲得长毛也不愿意上课和写作业。

又又拒绝任何课和任何作业。

但是，他给他弟弟布置了一堆作业！

"我都还不认字！"弟弟抗议道，"写字太难了！"

一边写，一边抱怨，但绝不敢扔笔。

"你个笨蛋！"

又又丝毫没有意识到自己在拔苗助长，他把小学三年级的课本拿来给他五岁半的弟弟背，给他弟弟猛地灌输一通"鸡兔同笼""乘法""除法"，然后尽情地嘲笑。

五岁半的双双，幼儿园都还没毕业，已经被逼着学会了六宫格的数独，百位数的加减法、乘法，以及一堆晕头晕脑的课文。

真的是，太无聊了。

☻ 从来没有这么无聊！

漫长的、没完没了的时间堆成坤、捆成捆、堆积如山然后又排山倒海。

"妈妈，我已经不想玩游戏了！我也不想玩乐高！我也不想跟哥哥玩！玩腻了！我也不想看书！我也不想画画！没意思！妈妈，我有点烦，你说我还能干点啥呢？"一个五岁半的小男孩跑过来找他的妈妈，一口气说出了他的烦恼。

他的头发因为太长时间没剪，已经卷成了漂亮的长卷毛，长到都可以扎个小辫子了，而他自己却并不知道。

"这样吧，你去找哥哥，打架。"
"打一架，就好了。"妈妈认认真真地给建议。

"什么？打架？"弟弟还没来得及说话，儿童房那边的哥哥就已经先听见了，飞快地跑了过来。

"凭什么让我们打架？"八岁半的又又气愤地说。

"凭什么让我们打架？"五岁半的双双同样气愤地说。

最后，他俩一起气愤地说："你和爸爸怎么不打架？"然后，一起气愤地走掉了。

⊞ 约会

"弟弟，我们今晚来约会吧！"

"好呀！" 一个不假思索的回答。听起来好像早就想跟他哥"约会"似的。

"今晚六点钟！就在那里！约会！我都提前布置好了！"又又随意指了一个方向，看起来好像早就想跟他弟"约会"似的。

"太好了！"一个被认真对待的人兴高采烈地回答。

妈妈一边弄五花肉，一边想着时间。因为，五点钟的时候，就是约定的时间，要给他们发小鱼干——发一种他们从来没有见过的小鱼干。

AI 提醒五点钟到了。

妈妈果真给他们发了一条小鱼干，假的、巧克力做的小鱼干，太像真的了，把他俩骗得一愣一愣的。

AI 提醒六点钟到了。

完全忘记了"约会"。

◉ 桃花开了

冰化凉了，桃花开了。

这些都算不上近日后海的新闻。

本地的新闻是——来了一群湖鸥。

今天全家结队去看湖鸥。

湖鸥一遍遍地俯冲下来，叼着鱼扑腾着翅膀再飞到天上。看的时间长了，就能做预判。湖鸥一头扎下来之前是要调整飞行姿势的。

后海的野鸭子也会飞，但飞不了湖鸥那么高，翅膀短，续航也差了一大截。所以野鸭子是飞不走的，世世代代都得住在这里。

湖鸥的单侧翅膀长度超过身体长度，飞起来轻盈有余，毫无负担。后海只是它们的临时落脚点，等过些时间，这些会迁徙的鸟儿们就会离开。

碧桃开了。被春天催着，哪能不开呢？

又又情不自禁地问：

"什么时候能吃桃子呢？"

又又紧接着说：

"桃花一簇开无主，可爱深红爱浅红。"

他非得把这句诗摁在朱熹头上。

朱熹要知道肯定乐晕过去再死一遍。

● 临街二楼的鸟

又又上学和放学的路上，都要隔空跟临街二楼的那只鸟打招呼。

那只鸟很好玩，你跟它说"你好"，它跟你说"再见"；你跟它说"再见"，它会跟你说"欢迎光临"。

今天，又又也像往常一样普普通通地跟鸟打招呼——然后——惊讶地发现，那只关在笼子里的鸟今天忽然会念诗了！

"锄禾日当午。"那只鸟说。

"黄河入海流。"那只鸟又说。

每个字都彪悍又清晰。

一下子就把又又打败了！

● 哥哥什么都会

妈妈给双双抛出一个问题。

"如果幼儿园和小学现在同时开学，都喊你去念，你是去幼儿园呢，还是去上小学？"

"当然是去小学！"

显然，小学比幼儿园高级。

而且，"小学认字，幼儿园不认字"！

双双想认字。不认字就是文盲，随便想弄点啥都得找人问，很吃亏。

而且，哥哥就念了小学。哥哥什么都会。

"我哥哥可厉害了！"

"我哥哥什么都会！"

上个学期，双双上幼儿园和放学的路上，跟楼下四岁的糖糖就是这么一路吹嘘的。

❷ 曾子杀猪

今天的午餐桌上。

又又吃着吃着，忽然问："你们听说过'曾子杀猪'的事吗？"

没有一个人听说过。

于是又又把"曾子杀猪"的事从头至尾给全家讲了一遍，然后提问，看看有没有人能领会到故事里面的道理。

"他肯定早就想杀猪！所以他故意的。"最后，是双双想出来的道理，然后磕磕巴巴地说了出来。爸爸和妈妈一起点头。

"才不是呢！公布答案——标准答案——大人对小孩说话要有信用！"又又一边得意地公布了他的标准

答案，一边故意拿眼睛瞟着妈妈，好像妈妈说话不算数似的。

"'曾子杀猪'有什么了不起的！'曾子杀人'的事，你没听过吧？"妈妈一个反问，一秒钟把又又给问倒。

杀猪已经够恐怖了，竟然还有杀人。"杀猪"的故事里，有曾子的老婆；"杀人"的故事，轮到曾子的妈妈。

曾子的妈妈，起先不相信曾子杀人。然后一遍一遍地有人告诉她，曾子杀人了。说的次数多了，他妈就掉沟里去了，连妈妈都相信曾子杀了人。

最后呢，双双想了想，想出来一个好道理："那个曾子，我觉得他最好还是不要杀人。"

每一个故事，在还没被讲之前，肯定就已经藏了一个什么好道理在里面。

总之呢，只有我们双双，才有本事把道理们都给找出来。

● 休想让我花钱

又又八岁多。又又很懂事。玩游戏时，跳出来任何要花钱的页面，他都耐心等着跳过去，一毛钱都不肯花。"休想让我花钱，"又又一眼就看穿了骗钱的实质，他对游戏说，"我们家没钱。"

双双五岁多，双双不怎么懂事。他玩游戏时，也学着像哥哥那样告诉花花绿绿的游戏："我们家没钱。"可是不灵。他一会儿就来找爸爸，让爸爸花钱给他买金币。

爸爸是我们家唯一有钱的人。

所以，爸爸过生日那天，他俩捣鼓了一个音频节目卖给爸爸，搞到了五十块钱。

妈妈没钱。

妈妈表示没钱的方式，就是之前一顿四个菜，现在一顿三个菜。

妈妈只会一通乱花钱。花完了还想花，可是搞不到新的钱。

"从今天开始，妈妈每天都讲一个新故事。"晚餐桌上，妈妈笑眯眯地说。

"太好了！"他俩高兴地说。

"一年五十块钱。怎么样？"量身定制的定价。

快速商量了一下。

"不同意。"又又干脆利落地拒绝。

"不同意。"双双纠结了一下，他想买可是哥哥已经说了不同意。哥哥说了算。

"妈妈，你的故事还是免费给弟弟讲吧。我们不会花钱的。"这是来自又又的建议。

❶ 爸爸去银行了

"爸爸去哪儿了？"

"爸爸去银行了吧？"

下楼倒个垃圾而已，就被儿童们认为爸爸去银行了。

出版商经常去银行。如果出门，他唯一的目的就是去银行。家里的钱既没有藏在枕头底下也没有藏在床底下，统统存在了银行。他要去检查一下钱还在那，没被人偷走。

不取钱。也没什么多出来的钱好存的。他只是去"看看"。

"我们家的钱还在那吗？"孩子们关心地问。

"还在。"

孩子们放心了。

● 爸爸又去银行了

又又"咦"了一声，很快发现今天的午餐桌上没有爸爸。

"爸爸去哪儿了？"

"去银行了。"

"是去取钱吗？"

"不，只是去看看，我们还剩多少钱。"

"那我们家还剩多少钱呢？"

"不知道。得等爸爸回来才知道。"

八岁半的张又又特别关心钱。因为，归根结底，快递员扛回来的所有东西，都是花钱买的。连快递员也是花钱买的。如果没钱，非但快递员不会给我们送东西，我们还得去送快递。

没钱，是变不出新的钱的。但是呢，我们双双总是有办法！

"我听说，把钱放进银行，过了一段时间，再拿出来，它就会变多一点！"——这肯定是幼儿园教的金融知识。

"对！这叫利息！"看来小学教的金融知识更专业一些，而且也更实用——"但是呢，要是存银行只存一分钟的话，那就……只有一分钱！"

确实买不到一箱新的巧克力奶。

一分钱啥都买不到。连个吻都买不到。

⏿ 女权

前段时间不知怎么回事，家里时髦了一阵"女权"。

妈妈原本被他们三个轮流挤兑，忽然莫名像坐了直升机一样，家庭地位直线上升。

"妈妈美不美？"

"美！"

"妈妈好不好？"

"好！"

"妈妈万岁！"

"妈妈万岁！"

就像这样，跟喊口号一样，每天来回来去地搞军事化演习。

更受不了的是，每天一大早，人还没醒，先是双双后是又又，按照顺序，一个一个凑脑袋过来拍马邀宠，马屁拍到必须醒的地步，完全没法睡懒觉。

"你俩，谁踩到我腿了？"他俩在被子上面跳来跳去的时候，妈妈喊了起来。

爸爸立刻跳出来殷勤驱赶："走开，不许欺负妈妈！"他是这么教导孩子们的，"谁都不许欺负爸爸的老婆！"

妈妈一开始做饭，爸爸全自动刷锅，双双全自动剥蒜，又又全自动备餐具，人人都像等中奖一样等着给妈妈打下手。

妈妈需要工作空间，把哥俩赶鸡一样赶到阳台去待着。"女权"兴起之前，是不可想象的。

要知道，从来都是他俩征用地盘，把妈妈赶鸡一样到处赶，妈妈抱着电脑在这个家里见缝插针、狼奔豕突。

"妈妈做的菜最好吃！"

"妈妈的头发最好摸！"

"妈妈是女的！我喜欢女的！"

就是这个声称"我喜欢女的"的张又又，你问他想不想变成"女的"，他立即摇摇头"不想"。

"我只是喜欢女的——而已。"又又说。

那天。

一个什么事情来着，又又被爸爸拦住了："又又，Lady first！"

"Lady first？"又又跳了起来抬扛，"都二十一世纪了！应该男女平等！"

就这样，不知从哪刮来的"女权"风，在这个家里短暂地流行了一下，很快又被刮到不知什么地方去了。

∞ 削芒果

"妈妈，我想吃芒果，请给我削芒果好吗？"家里好久没吃芒果。新买的芒果送来了，双双想吃。

而妈妈在做晚餐。正切着菜，刀和案板都正在用着，这会儿不方便，妈妈打发他去找爸爸削芒果。

双双又去找爸爸："爸爸，我想吃芒果，你给我削芒果好吗？"

同样被拒绝了。拒绝的理由是"马上就吃晚饭了，晚饭前不吃芒果"。

哥哥在儿童房幸灾乐祸地告诉他："弟弟，芒果，就是很忙的水果呀！"

晚餐过后，妈妈收拾餐桌准备洗碗。

"妈妈，我想吃芒果……"那个声音又来了。妈妈又打发他去找爸爸。

"爸爸！我想吃芒果！你快点给我削芒果！"一个粗声恶气的声音命令爸爸给他削芒果。

爸爸看电影看得正起劲，气得大喊一声："我削你！"然后气呼呼地从床上蹦起来。

他气呼呼地到厨房拿了刀，坐到餐桌前面，给双双削完了所有的芒果。

● 那个人那么厉害

"那个人那么厉害……炸弹是他发明的吗？"
"不是炸弹，是炸药。"

亏得家里有爸爸这号人物。

就这么忽然冒出来的、没头没脑的一句，没有上下文，全家只有这个爸爸能听懂，而且还纠正。双双五岁半，他只知道"那个人那么厉害"，"那个人"的名字他都不知道。

"那他有钱吗？"八岁半的这只跳出来问。又又最近格外关心"有钱""没钱"，而且他下意识用"钱"来划分三六九等。

"有钱。"

"所有的诺贝尔奖的奖金都是他的钱。"

爸爸这么一说，他俩不约而同地想起来那个听了没记住的名字——"诺贝尔"！

◉ 外国名字

又又最近迷一堆外国名字。

一早眼睛都还没睁开就躺在被窝里高谈阔论"高斯",晚餐桌上大肆讨论"哥德巴赫的猜想"。

"弟弟,你知道吗?人体里 x 射线照不过去的地方就是骨头!"

当然不知道。

"伦琴发现的!"

弟弟更加不知道了。

"你知道阿基米德有多厉害吗?"

又又能说出来阿基米德的三个厉害。

这一堆外国名字都是从一个音频节目里听来的,大部分是数学家。

所以，"我最喜欢数学了"！

当新学期的课本拿到家时，他跳起来说，然后猛翻一通他三年级下册的数学课本。

又又声称"没有四百字稿纸"。他要求写作文，作文必须写在四百字稿纸上。于是爸爸冒险出去买稿纸。一大叠四百字稿纸买回来，一毛钱的作文都没写，他用来给弟弟布置了一堆作业——数学作业。

$$360+240= \qquad 100+360= \qquad 430+520=$$
$$450+610= \qquad 300+450= \qquad 420+590=$$

✪ 想象力

又又拿了一幅彩色的画兴冲冲过来。

"妈妈，这是特地送给你的、美丽的画！ —— 我刚画的！"

然后他热情洋溢地解说："那一片是大海，海上的大轮船，这边是沙滩，这是妈妈的椅子。妈妈就坐在这个椅子上看海，看大轮船，吹着风可舒服了！"

"画上哪有妈妈？"妈妈睁大了眼睛找啊找，也没找到画里那个"可舒服了"的自己，只看见一把椅子杵在中央。

"啊！糟糕！我忘了把妈妈画上去了！"

"已经涂上颜色了，补也补不上去了！"

一个懊恼的又又懊恼地说着，忽然想到一个主意："妈妈，你一屁股坐在这幅画上，不就行了吗？"

确实是了不起的主意!

妈妈把又又的画拿过来，一屁股坐下去，刚好就坐到画中的那把椅子上，把自己变成了一个画中的妈妈，高高兴兴地看海，看大轮船，吹着风可舒服了!

这是母亲节的事。

第二天，又又的脑子就不灵光了!

周一，又又去找他的语文老师报告一桩烦恼:"刘老师，我的想象力很低，我想了很长时间，什么（作业）都想不出来。"

● 二手知识

又又去学校念书时，双双每天都从他哥哥那里搞到二手知识。

又又不去学校了，他每天从网课里搞些二手知识，然后把这些二手的"二手知识"一股脑儿倾倒给他弟弟。

"弟弟，你都不会拼音！"他严肃地告诫道，"那你看见新的字你就永远不会念！"

五岁的双双，从来没有上过小学的双双，勤奋地在哥哥给他画的格子纸里写字，勤奋地做他哥哥出的数学题，勤奋地按照哥哥的指挥练习"脑筋急转弯"，然后就自以为学到"二年级"了，比"三年级"的哥哥差那么一点点。

"三年级"的哥哥，在教育平台上到处乱点初中和高中的课程，他连方程都没学过，看函数却看得津津有味，还自学"细胞的有丝分裂"。

"今天我已经学到高二了。"晚餐时间张又又在餐桌上吹牛。

而他的三年级的第二个学期，一天学校都没去，大概也就这样的水平了。

✿ 有情调

前几天又又忽然说："没想到我们方老师还挺有情调！"听得我们吓一跳。

方老师在班群里发了一个北京动物园导览图，这样，就"有情调"了。

"动物园导览图"是布置给全班小朋友的数学作业。又又说的方老师，是他们班的数学老师。

我们家一毛钱的数学都没在外面机构学过。从小又又的数学知识除了幼儿园教的，其他全都来自公立学校三年级的方老师。

方老师说"圆的"，又又就学到"圆的"；方老师说"方的"，又又就学到"方的"。

又又好像并不怎么害怕考试，也不怎么害怕数学，也不怎么害怕方老师。他觉得方老师"有情调"。

又又已经很久没去上学了。

说来奇怪，上学的时候他高高兴兴去上学，没学可上的时候，他好像压根儿就忘掉上学这回事。

他兴致勃勃地出门去西海看鸭子。把西海的鸭子和后海的鸭子分别认真研究了一圈回来报告。

他不辞辛苦给弟弟布置作业，他自己的作业大概是被小狗吃了。双双也倒霉没学上，辍学在家，算是已经从幼儿园提前毕业，吭哧吭哧地歪歪扭扭写作业。

兄弟俩早就发过誓要当"双胞胎"。

八岁和五岁竭力保持智力水平一致。

"妈妈！你是十三岁！"双双竟然猜出了妈妈的年龄。

"哥哥八岁，我是五岁，所以八加五等于十三岁！"

双双好棒！

双双的数学都是哥哥教的。

哥哥的数学都是方老师教的。

方老师教出来的数学——

有情调。

❶ 后海的鸟

今日。后海边遛达，闪着金光的海面上来来回回地飞着两只鸽子。

看了一会儿鸽子，又看了一会儿鸽子，总之走到哪儿都是这两只鸽子来回来去地飞，贴着水面飞。

最后，出版商说："鸽子又不吃鱼，它俩飞到后海来，只是想浪漫一下。"

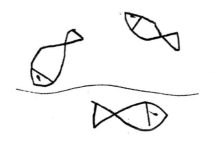

◐ 生日

"今天我过生日嘿！"又又高兴地说。

"是不是这一天里，我想怎么样就怎么样啊？"又又得意地说。

又又把眼睛举到头顶上，趾高气扬地在家走来走去。

"不，"爸爸马上跳出来告诉他——

"过生日的这一天，并不是你想怎么样就怎么样。只有你的妈妈，想怎么样就怎么样！"

⊕ 说不定

"弟弟你很笨的你知道吗？"

"我知道啊！"双双立马就接上，根本不在乎他哥哥嬉皮笑脸的挤兑。

晚上，在前海边的摇曳的树影里，又又踩着滑板车一溜烟儿跑没影了。

双双趁着哥哥不在，偷偷地大声说给爸爸："哼，说不定以后哥哥长大了当傻子，我当科学家呢！"

爸爸再原封不动地说给妈妈。妈妈听了很新奇，要求双双再说一遍——

"说不定以后哥哥长大了当傻子，我当科学家呢！"

"说不定以后哥哥长大了当傻子，我当科学家呢！"

"说不定以后哥哥长大了当傻子，我当科学家呢！"

双双挤兑起他哥真是快乐，说了一遍又一遍，直到看到哥哥踩着滑板车掉头回来——戛然而止。

❶ 亲兄弟

"你知道哥哥的缺点是什么吗？"

还没等回答，双双自己就作了回答——"不容易打中！"

双双追着又又打，又又抱着脑袋逃，从床上跳到窗户上，从窗户里跳到阳台，从阳台追进卧室，卧室的床边跳到床上……就这样，单曲循环，永远打不中。

"哥哥的人品最差！"双双还说了。

"他才看十七个广告，广告就全没了！"显然是在说游戏的事，但完全不知道他挤兑的点在哪里。

打游戏绝对是亲兄弟。双双总喊哥哥来帮忙过关，哥哥帮他打通关。

"我的饥饿值是五。"

双双跑来说的这句话，翻译一下就是："妈妈我饿了。"

他俩最近玩一款名字叫"我的世界"的游戏。玩的时候使劲玩，不玩的时候交流心得。

"我只喜欢搭建房间，但我不喜欢玩。哥哥只喜欢玩，但不喜欢搭建房间。"

正好一个负责搭建房间一个负责玩。

为这款游戏天造地设的一对兄弟。

"我只需要看十个广告就能搭建一个房间。"

听起来看广告的时间比玩游戏的时间还多。

但是——"广告都是骗人的。"

他俩非常有耐心地等着广告放完再打游戏。

⸙ 扮演（一）

窗外屋顶上常来一只猫，黄色的，在瓦房顶上走来走去。就这只猫，走来走去，就能让他俩凑一起看半天。

又又还经常在家扮演这只猫。

"妈妈，你爱这只黄色的猫咪吗？"他像猫一样蜷过来，蜷到你身上滚来滚去，滚到你受不了为止。

双双在家扮演一只"刚出生的小龙宝宝"。

"妈妈，你爱这只可爱的小龙宝宝吗？"他一边说着一边发出一种"呜——呜"的叫声，得意地告诉你"龙就是这样叫的"。

鬼知道龙是怎么叫的！

但是你一质疑，双双立刻就质问小度："小度小度，龙的叫声！"小度马上就发出同样的"呜——呜"的声音，干脆利落地回答："这是龙的叫声。"
好吧！

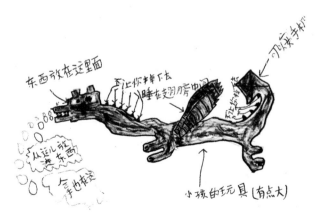

东西放在这里面

别让你摔下去
睡在支翅膀中间

可收手柄

从这儿放进东西

拿也拿去

小孩的玩具（有点大）

扮演（二）

双双有时候还扮演小鹿，有时候扮演鸭子。

"妈妈，你爱这只小鹿吗？——刚出生的小鹿。"然后发出"呦呦"鹿鸣，不用问，小度肯定告诉他"这是鹿的叫声"。

"爱呀！"妈妈如果这么回答，"小鹿"就会把前面的问题再问一遍，然后……单曲循环。

鸭子也是。

"妈妈，你爱这只刚出生的小鸭子吗？噢不——妈妈，你爱这只刚从蛋壳里孵出来的小鸭子吗？"

"爱呀！"

单曲循环。

单曲循环到受不了了，妈妈说："受不了了！不爱了！"

"那么，妈妈，你要杀了这只小鸭子吗？"

"杀。"

他立即咯咯笑了起来："好的，小鸭子已经被你杀死了。又来了一只小鸭子！……"

这个游戏里有无穷无尽的小鸭子。

龙兄龙弟（一）

"这是一只小龙宝宝。"
"你爱这只龙宝宝吗？"

这段时间，因故辍学。他俩热衷于当"龙"。
家里到处都是短促的"呜——呜"声，到处都是龙在游走。

"龙的晚餐是四根骨头和五个肉。"这是龙又又制定的"龙食谱"。
"不对，龙的晚餐是五根骨头和四个肉。"这是龙双双修正的"龙食谱"。

◑ 龙兄龙弟（二）

今天凌晨。双双在被窝里，眼睛都还没睁开，嘴里就开始"呜——呜"——

"这是一只小龙宝宝。"

"你爱这只龙宝宝吗？"

妈妈搂了过去，把这只小龙宝宝翻了个身，揽到自己的一只胳膊里，然后另一只胳膊拍拍小龙宝宝的屁股说："你没有尾巴，你不是龙。"

猪马牛羊兔猫狗，哪种哺乳动物没有尾巴！人这种动物，有脊椎却没有尾巴，不仅搞笑，简直就是Bug！装什么动物都装不像！连装龙都装不像！

龙双双的脑袋瓜子哧溜一下转得快："龙的尾巴卡在石头缝里！"这样就可以掩饰自己没有尾巴了。

龙们好像很介意自己没有尾巴这件事。

"龙的尾巴被石头卡住了。"这个理由太不牢靠了，所以弟弟龙说了又说。

"龙看见一只小鹿，龙扑了上去，龙的尾巴不小心掉了，龙的尾巴被埋了起来。"哥哥龙认真编了一个具体的场景来解释自己为什么没有尾巴。

❶ 龙兄龙弟（三）

一只小龙宝宝"呜——呜"叫着，跳进了妈妈的卧室，他的屁股上是有尾巴的。

尾巴是一只粉红色的儿童塑料裤架，夹子咬在裤子上，裤子都快要掉了。龙的屁股一甩一甩的，很神气。

另一只龙也跳了进来。屁股上不光有尾巴，而且还特意撑了两只袜子，这样才像书里画的霸王龙那样的"扁扁的"尾巴。

"弟弟，我发明的这个尾巴不错吧？"

"很不错！"小的那只龙想一屁股坐下去，但是没法坐，"就是——屁股上有点太累了。"

但这并不妨碍两只志得意满的龙甩着尾巴在房间里走来走去。

● 龙兄龙弟（四）

又又的铁哥们儿来家里玩。

"我是浅蓝色、深蓝眼睛的小冰龙！"六岁的双双跳出来，假装不认识哥哥的铁哥们儿似的，自我介绍一遍。

"我哥哥现在是浅蓝色、深蓝眼睛的母冰龙！"还是双双的介绍。

"我是屠龙史蒂夫。"铁哥们儿镇定地说。

然后屠龙史蒂夫和两条龙高高兴兴地玩了起来。

◉ 这根本不叫"抱"

"妈妈，你这根本就不叫抱！"

双双气愤地说。一个睡懒觉的妈妈根本都还没醒透，
就被投诉了。

背对着，一条胳膊往身后揽过去，兜住双双的小身
子，这根本就不叫"抱"。

双双指挥妈妈翻转过来，用两条胳膊，围成一圈，
把他整个儿地拢进来，下巴抵脑袋，心贴心，这样
才叫"抱"。

◍ 好笑的事

那天，也是上学路上，双双描述了一件"好笑"的事。

"在后海边，有一个人遛许多狗，那些狗都拴绳，但有一只狗不拴绳也跟着他们跑。"

听完了，没什么好笑的。

"不拴绳，怎么证明它是他的狗呢？太好笑了哈哈！"他一边说一边比划一边笑。妈妈完全不知道笑点何在。

"用不着证明。"妈妈告诉他，那狗愿意跟着谁跑，谁就是它的主人。然后顺手举了个例子启发他——

"你看，妈妈也没给你拴绳，对不对？"

"对！"

一件说"好笑"但其实不"好笑"但后来又变得"好笑"了的事。

⑩ 什么是"贤弟"

金角大王对银角大王说:"贤弟,这可怎么办?"

"什么是贤弟?"

"贤弟就是呀——"

"一个很'咸'的弟弟——不小心盐放多了的弟弟。"爸爸插嘴进来解释。

爸爸的解释纯属胡说八道。妈妈把爸爸斥走,然后告诉他"贤弟就是——好弟弟"。

银角大王确实是一个好弟弟。所以,后来金角大王听说银角大王被装进了葫芦里,顿时痛哭流涕。

那么,问题来了!金角大王都喊银角大王"贤弟"了,那为什么又又就从来不喊双双"贤弟"呢?

"因为,你不是一个好弟弟呗!"那个讨厌的爸爸又跳出来。

"才不是！"双双气炸了，当一个好弟弟，没有人比他更有经验！"好弟弟"之所以从来没有被喊过"贤弟"，只有一个缘故——

"我！不！喜！欢！当！贤！弟！"

《西游记》读多了

❶ 三个佛和六个菩萨

"一共有三个佛，你知道是哪三个佛吗？"

这是昨天的放学路上，双双出的考题。

"如来佛、弥勒佛，还有一个……不知道。"懊恼！

第三个佛的名字好像就在嘴边，却说不出来。

那算了。接下来继续考。

接着考的题目是"六个菩萨"。

"观音菩萨和观世音菩萨算同一个人，对吧？"

"对。"

那好，六个菩萨的名字分别是：观音菩萨、文殊菩萨、普贤菩萨、地藏王菩萨……懊恼！还有两个菩萨怎么搜肠刮肚也编不出来。

双双并不公布答案。

他建议妈妈回到家好好听一遍《西游记》第四十七

回，第三个佛就在第四十七回里。

关于菩萨，他给了个提示："他的名字是灵字开头的，他旁边是黑熊尊者！"

灵什么菩萨呢？唉，还是不知道！晚上一百度，全知道了，根本用不着去听什么第四十七回。

今天早晨的上学路，妈妈假装不经意但其实信心满满地把三个佛和六个菩萨统统"想起来了"。

起码能打一百分！

双双耐着性子听完，点点头——

"但是顺序错了。妈妈，你没有按照法力大小排顺序！"

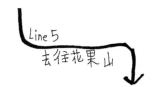

Line 5
去往花果山

⑩ 齐天大圣和宠物

"其实，应该让二郎神当齐大大圣！"

今天的上学路，双双替二郎神鸣不平，他觉得二郎神会七十三变，比孙悟空还多一变，凭本事更应该当齐天大圣。

"你知道为什么吗？"双双当然是不知道。

"二郎神养宠物啊！"妈妈说。

"噢，养宠物就当不了齐天大圣……可是，妈妈，孙悟空在花果山水帘洞不是有一堆小猴子吗？"

"噢，那堆小猴子算不上是宠物。再说了，孙悟空到天上去当齐天大圣是他自个儿去的，一只小猴都没带，对吧？"——差点儿圆不过来。

◉《西游记》统计学

最近的上学放学路上，尽是《西游记》那堆破事，把那堆神仙妖怪以及他们的坐骑和法器来回来去地拎出来 PK、找碴、评职称、排座次、勾连师门、攀扯关系……烦死了！

比如说——

"妈妈，玉净瓶不光是一个，除了观音菩萨，其实还有一个人也有玉净瓶，你知道是谁吗？"从问莲桥头走过去的时候，双双问。问莲桥的另一头就站着一个铜像观音，手里正拿着个玉净瓶。

"妈妈，你觉得黄眉怪和青毛狮子谁的武力值更高？"

妈妈一门心思只关心自己武力值，至于别人的武力值高不高，根本懒得去想。

"妈妈，你知道菩提老祖和如来佛是什么关系吧？"

"不知道。"

"菩提老祖是如来佛的徒弟。"

(他真正要的，就是这个"不知道"！)

要么就是罗列一堆不相干的妖怪，让排座次。这些妖怪根本都不在一个回目里，碰都没碰过，怎么排座次！

双双有的是办法。他搞了一个类似打分系统的玩意，把有主人的归作一类，主人加分；把武器归作一类，武器加分；宝物归作一类，宝物加分；还有一些乱七八糟的零碎分，最后拢共到一起自动生成一个排行榜，哎呀，统计学博十同等学力！

学校要是考《西游记》就好了。

《西游记》考级他肯定第一名。

就好像——

学校要是考北京地铁就好了。

考北京地铁肯定又又拿第一。

服装、武器（出生自有的东西）

服装（二选一）	武器（二选一）

◐ 有眼无珠

同样是妖魔鬼怪，《西游记》并不可怕，可怕的是《封神演义》。

《封神演义》里最可怕的要数狐狸精变的苏妲己。真正的苏妲己已经被吃掉了，假的苏妲己要吃比干的心，要把伯邑考剁成肉酱做成肉丸子，还要把姜王后的眼珠子挖出来。

眼珠子挖出来，真是太可怕了！

但是浴缸里的妈妈，当着他张双双的面，把自己的眼珠子一个一个抠了出来。

双双目瞪口呆，吓坏了，不停地问：

"妈妈，你还能看得见我吗？"

"妈妈，你的眼睛还能看得见吗？"

"妈妈，你是不是看不见了？"

"看不见了。"妈妈双手摸索着，什么也看不见了。

他吓得大喊："哥哥，你快来看啊！妈妈把自己的眼珠子给抠出来了！"

又又从房间里跑过来，晃了晃，嘲笑他的弟弟上当受骗——

"弟弟，你又上当啦！这是妈妈的隐形眼镜！不是妈妈的眼珠子！"

棕色的美瞳。

下次再吓唬，换成蓝色的眼珠。

这个骗人把戏就叫"有眼无珠"。

⚫ 马老师的家

双双昨天放学的新发现——
他们马老师肯定是住在学校里！

为什么呢？
马老师从来不迟到——昨天下那么大的雨她都没迟
到——况且从来没见过她出校门——可见马老师的
家就在学校里。
以上，是用逻辑推断出来的。
他并没有亲眼见到。

今早，上学路上遇到的一个班里同学，证实了双双
的发现。
这个同学呢，确凿是亲眼看见的。他每次去办公室，
马老师都在办公室里——可见，马老师的家不但在

学校里，而且就在她办公室里。

所以呢，下再大的雨，他们马老师也不会迟到。

大胆假设。

小心求证。

一年级的小朋友真棒！

⚫ 怎么是"憋"

昨天。上学半道上。

双双想上厕所。前面红绿灯过了马路拐过弯去走一小截就有个公共厕所。

"能憋到那儿吗？"

"能。"

然后他跟我描述具体是怎么"憋"。

"这是个新的尿，刚来的尿。我先把它储存了。过会儿（到了厕所）再把它喊回来。"

❶ 指挥

"下雨了。"走着走着，妈妈说。

"没有啊。"这话说了三遍。不知道怎么回事，雨就
是没滴到双双的头上。

说了三遍，终于——

"下雨了。"

"对，下雨了。"

那怎么办呢？还继续去上学吗？背着书包回家吗？

"妈妈，你给马老师打电话吧！说路上正好下雨了，
我们得回家。马老师肯定会让我们回家躲雨的！"

六岁的一年级的双双，上学路上第一次遇到下雨，
他指挥妈妈给学校打电话。

好的。这就打电话。

妈妈非常老实听话地打开包拿手机 —— 掏出来一把伞。

咦！刚好有把伞。

"那就不用给马老师打电话了。"双双说。

❽ 今天我太难了

双双可不像又又，后海里捕捞水草的船，又又是要停下来看很长时间的。双双对船完全没有兴趣。他也不看后海的鸭子。

双双每天循规蹈矩地走最短路线。他只关心一件事：上学，不迟到。

是谁规定小孩上学必须要配个妈妈的？同一条路，同一个妈妈的两个上学娃，风格如此不同。

前年的又又，看海看船看鸭子，兴致勃勃地开发探索各种胡同新路线 —— 摁都摁不住，完全不知道世界上有"迟到"这个词。

今年的张双双，轮到他来摁妈妈 —— 不许东张西望，"迟到"了就要"拿餐包打屁股"！

"周一我太累了！"今天是周五，中间三天没去上学，不知道怎么回事，忽然抱怨起周一。

周一有什么好抱怨的呢？因为周一有英语课，周一有语文课，周一没有数学课——按照一年级双双的吹法，数学他已经全都会了，用不着学了，可以直接念三年级了——周一竟然没有数学课！

"我太难了！"小学生竟然也会叹气。

"我也太难了！"妈妈赶紧跟风一句。

❶ 早读

早晨一醒床，双双就让爸爸捎话给还在大卧室睡觉的妈妈：今天要七点就出门，比往常提前十分钟。

"上次是迟到了吗？"

出了家门，妈妈偷偷地问。"上次"是上周四，那天如果迟到了，确实怪妈妈，出门磨蹭了一小会儿，一路上都被双双催。

"没。我想早一点到学校，因为早读时间能多一点。"

真是令人意想不到的回答。

更意想不到的是，双双的早读既不是读语文，也不是读英语，而是读——数学。

"可是，数学有什么可读的？再说了，数学你不是都已经会了吗？"

	1	2	3	4	5	6	7	8	9	10	11	12	13	特别
	1	2	2	2	2	2	2	2	2	1	1	2		2
	2	2	2	2	2	2	2	2	2	2	1	2	2	2
	2	2	2	2	2	2	2	2	2	2	2	2		2
	2	2	2	2	2	2	2	2	2	1	2	2		2

记得一年级课本发下来的第一天，双双翻了翻，就宣布——"数学我都会！"

又又也跳出来搞鉴定："弟弟，数学你用不着学了——你的数学水平已经达到三年级水平了！"

"噢，数学，用不着学了。"

当世界苍白贫乏得只剩一个哥哥，没有其他任何参照系，那显然的，这个哥哥说啥就是啥。他才懒得去想，新晋四年级小学生的哥哥自己才刚刚学完三年级，其中三年级（下）还是在家里看着投屏拉着二倍速的进度条学完的。

反正"数学我都会"，双双自信满满地去上学，扛回来一张数学卷子，大马虎妈妈签名签错了地方，隔天还被他数落了一顿，重签。

妈妈都没数落他——"数学我都会"，可是数学卷子上又没全都会。

今天的上学路上，双双老老实实承认："那些加减法我都会，大于号、等于号、小于号我也都会——哥哥都教过我了——数学我都会，我只是不会在卷子上做题。"

所以呢，今天早晨被窝里的倒霉妈妈被一顿催起早，要求七点出发，比平时要早十分钟到学校，早读多读一下数学，然后，双双就会在卷子上做题了……吧？

● 马老师同意了

今天这一路上，迎面有很多个上学的小朋友，走近了，打招呼"双双——"，然后是惊奇地"咦，你怎么在往回走呀？"

这些小朋友都在往学校去，只有双双在往家走。

"因为呀——我今天肚子疼！"
从甘露胡同到新开胡同，这话起码回答了五六遍，声音越来越响亮，肚子疼好像也是一件得意事。
走出去好远了，双双没头没脑地回头给同学追喊一句："马——老——师——同——意——了！"
意思是：已经请过假了。

发现肚子疼，第一件事就是"快告诉马老师吧！"

小孩的想法特别有意思，自己觉得肚子疼好像疼得不作数似的，只要被学校登记一下，肚子就能疼得理直气壮。

⏸ 妈妈十九岁

东直门桥拐弯的时候，双双忽然在后座上说："我觉得妈妈应该是十九岁。"

原来，他坐那埋头吃甜点的时候，其实在支着耳朵听，听到了妈妈的生日，开始推理。

"为什么十九岁？"爸爸拧了方向盘，饶有兴致地问。

首先呢——

"妈妈肯定要比哥哥大。哥哥都九岁了，妈妈至少有九岁！"

然后呢——

"妈妈肯定是大人。"

"十八岁以下都是小孩。"

"十八岁以上才是大人。"

最后——

"总不可能让一个小孩来给我们当妈妈吧！"

有道理！

所以妈妈是大人，今年十九岁。

去往阳光洗衣房

❽ 专业级洗衣大牛

哥俩，从来都是小的这只负责洗衣服，烘好的衣服哥俩各自收柜。

五岁的双双虽然不认字，但早就是专业级的洗衣大牛。绝不夸张。

儿童洗衣液和成人洗衣液他分得清清楚楚，柔顺剂和消毒液他也能倒进正确的格子里。

不仅洗衣，他把脏衣篓从儿童房扛到洗衣房，挺重的，这一段路，他乐此不疲。除了常规按键，他还会加漂洗。

今天洗衣，没有像往常那样用洗衣液、柔顺剂、消毒液，而是用了三合一洗衣凝珠。双双对洗衣凝珠颇有心得，他告诉你怎么用——专业级的讲解。洗衣工龄已经超过一年。

不光是全自动洗衣服收衣服，而且全自动洗澡。双双四岁到五岁这一年多，所有他自己的活儿都自己干，每天给浴缸放水，定时，从衣柜里拿好衣服，脱好脏衣服扔进脏衣篓，自己跳进浴缸洗澡。洗完澡从浴缸爬出来，自己穿好睡衣去刷牙。

哥哥负责干啥活儿？哥哥负责每天帮他拿浴巾。浴巾挂钩太高了双双够不着。

洗了很多很多的衣服，我觉的我们家的洗衣机太能干了，因为我累了，弟弟又在笑我。

❶ 小奶猫和小羊羔

清晨，是世界上最旖旎的晨光。

眼睛都还没睁开，五岁和八岁一个一个地从儿童房跑过来，钻进被窝里来。
"我是小羊羔。"
"我是小奶猫。"

就这样，一左一右地把妈妈揽在中间，轮流让妈妈扮演"羊妈妈"和"猫妈妈"的角色，还得自动切换。

● 把我父王请过来

今晚呢，最应景的要数双双。

"趁着晚上有月亮，把我父王请过来！"

他假扮成红孩儿的口气，像模像样地。

"父王"高兴得不得了，并不介意假扮牛魔王，把妈妈赶紧喊过来，让双双当面照样说一遍。

一遍根本就不够，说了许多遍，赶紧录下来——

"趁着晚上有月亮，把我父王请过来！"

"趁着晚上有月亮，把我父王请过来！"

"趁着晚上有月亮，把我父王请过来！"

许多个说着"月亮"的双双被录进许多个视频里，

　　遍一遍地回放，每一个视频都记录着今天的日
期——十月一日，中秋节。

¡Feliz Fiesta del Medio Otoño！（中秋节快乐！）

◑ 结拜兄弟

只花了一天，就把冬瓜叔寄来的"妖怪书"看完了。今早的上学路上，双双总了个一锤定音的大结，然后继续翻牛魔王的旧账。

"孙悟空和牛魔王还结拜过兄弟呢！"

"嗯。"

"不过呢，结拜之后牛魔王给忘了！"

"嗯。"

"孙悟空都喊他'大哥'呢！牛魔王呢，他竟然把结拜的事给忘了！"

"嗯。"

双双反复念叨，好像牛魔王的所有倒霉都源于他忘了他的结拜弟弟。而双双自己，就是一个弟弟。

"是啊，"妈妈赞同，"结拜兄弟，想不起来就相当

十没兄弟。"然后转头问过来："那你跟又又结拜
过吗？"

噢？有这回事？使劲想也没想起来！要知道，双
双记性可是很好的，动不动就能想起"小时候"
的事！

他今年六岁，动不动就说起"在我四岁或是五岁的
时候"的往事，统统归为"小时候"。

可是，昨大他这么说的时候就穿帮了。他说的是，
那天来到餐桌前正准备要吃饭，然后发现少了他的
餐椅，然后哭着拒绝吃饭那件事——我们听完了发
现，这根本就不是他"小时候"的事！既不是四岁
也不是五岁！明明白白就是发生在前些天的事！

"结拜兄弟"这事怎么也想不起来，就跟牛魔王似

的，给忘了。妈妈惊慌地说："你快想想，肯定有这回事！没结拜，你俩怎么能成兄弟的呢？"

是啊，没结拜的哥哥想必是假哥哥。没结拜的弟弟肯定是个假弟弟。

"那么，你和又又关系好吗？"没结拜过，兄弟已然成疑，那么兄弟关系肯定也经不起推敲。

"还行。"本来是顺嘴一说，犹豫了一下还是说了实话："不怎么好。"

能好才怪！一个哥哥，看起来人畜无害，三天两头把他坑蒙拐骗，骗得一愣一愣的。发现上当了，四处告状都没人搭理，只能自认倒霉。什么兄友弟恭，统统不存在的——阋于墙倒是真的，天天蹦到窗台上一通跳，让人担心墙倒屋塌。总之，出生在这种家庭，当弟弟算是他倒霉。

"不怎么好……那你还听他的？"这个家里，大的说了算，小的简直就是言听计从。"从"到什么程度呢？简直是盲从——

"弟弟，你去找妈妈让她打你一顿吧！

"弟弟，我可以跟你说话，但是你要给我100块钱！

"弟弟，今天晚上别到床上去睡，我们俩就睡餐桌底下吧！

"弟弟，你说，今天我就不想刷牙，就不想关灯，就不想睡觉！"

于是，一个被当了枪使的大头兵，来找妈妈要求妈妈打自己一顿；去找爸爸让爸爸把自己的"一万多块钱"兑出来；在餐桌底下铺被褥；老老实实守着儿童房的顶灯，你"啪"关灯他就"啪"开灯，

"啪"关灯"啪"开灯"啪"关灯"啪"开灯……

林林总总，一言难尽。

总之，当弟弟的义务就是当大头兵，大头兵就是冤
大头，冤大头就是背锅的。

什么破哥哥，没他比有他强！

当初怎么就去跟他结了拜呢？

有妖气。

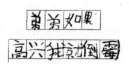

❶ 一条裤

一条滑雪裤，紫色的、一岁半的叉叉拥有的第一条滑雪裤。

买这条裤子并不为"滑雪"，完全是因为这样的卖家描述——"可抵御零下三十度的低温"。零基础新手妈妈，没经验，养娃水平全靠卖家描述，歪打正着买了，一到天冷就迫不及待给叉叉套上，顺便在全家面前炫耀自己会当妈——"可抵御零下三十度呢！"

那时候不懂滑雪，即使在瑞士十几公里十几公里地乘坐缆车，别人用缆车来滑雪，我们用缆车观光。男女老幼都抱着一副板，大雪镜 bling bling 地闪，穿雪鞋走路的人姿势都不一样。

尤其是，在一个名叫"萨斯斐"的山谷里，早晨村里的孩子们三五成群地踩着雪板背着书包去上学（这是越野滑雪，不是高山滑雪），这不是滑雪旅游，既不是观光也不是竞技，这是雪地山区的日常生活。不知道为什么，这个画面很动人。回到了北京仍不时浮现——多么不一样的日常生活。

在北京，心里是另一个"滑雪"画面：把穿好了滑雪裤的小又又拎上小山坡，往山顶上一坐，然后一屁股溜下来，嗯，用滑雪裤"滑雪"——想必比普通裤子布料要结实。

确实比普通裤子结实，而且能调裤腿儿。胖乎乎的又又穿胖乎乎的滑雪裤，每到一年冬季，又又和他的滑雪裤都一齐变瘦一点。从一岁半穿到两岁半，两岁半穿到三岁半，三岁半穿到四岁半，四岁半穿到……噢，来了个弟弟，弟弟接着穿！

所有的儿童雪裤都是背带裤。背带裤一直穿一直穿穿好久。《鼹鼠的故事》里的小鼹鼠就有一条背带裤。又又小时候疯狂迷恋那只捷克来的鼹鼠，也顺便迷恋鼹鼠的背带裤。他跳进自己的背带裤里，就觉得自己也是鼹鼠了。

胖裤子走起路来沙沙作响，显得特别神气，也特别方便换尿布。一条拉链拉到底，胖腿一蹬就出来了，跳进拉拉裤，再跳进滑雪裤，一条拉链"嗖"一拉，脱得快也穿得快，多冷的天也冻不着。

奶奶对此赞不绝口。穿到后来线都绽了，里面的棉絮都能看到了，也没舍得扔，奶奶细细密密地缝边，缝好了又是一条新裤。

穿着这条滑雪裤，又又跟乖淘铲雪来着，骑曹丁丁的小木马来着，被爸爸牵着四处雪地巡游来着。但是呢，这条裤子从未真正地"滑"过雪，连小屁股坐小山坡那种"滑"，都没"滑过"。

❶ 当地新闻

周末大雪封山，到了悬空寺脚下却无法上去。

就算能，六岁的张双双也绝不上去。他认为这个寺
庙是被一个钩子挂在山上的，假装牢靠，就等着他
一脚踩上去，然后"嘎嘣"一下连寺庙带和尚连带
着所有人一起掉下来，直接变成当地新闻。

❸ 小鸭和小鸭酥

哥俩虽然喜欢后海的小鸭子，但是今天中午他们拒绝吃小鸭酥。

"我们喜欢鸭子，并不是喜欢吃鸭子。"

从"喜欢"到"吃"完全是两个概念。又又纠正妈妈的一个认知误区。

况且——

"小鸭子多可爱啊！"

"怎么能忍心吃呢？"

双双拿起一只小鸭酥玩了一会儿又放回原处，他直接套用"小兔兔多可爱"句式，表达了包括小鸭子在内的一切可爱而美好的事物都不应该简单粗暴被用来吃。

"鸭子确实可爱。"妈妈附和道。

然后殷勤劝吃——"又不是真的鸭子，这是假的鸭子！"既然是假的鸭子，吃一吃是没关系的。

妈妈装作没看见餐桌上的烤鸭，只极力推销餐桌上的小鸭酥——其实，又又刚卷了个鸭饼吃掉了，双双也迅速卷了个鸭饼吃掉了——但是并不能妨碍又又义正辞严地拒绝吃小鸭酥——小鸭酥跟小鸭子长得像——所以——

"弟弟！停住！"

"我们不能伤害小鸭子的尊严啊！"

小鸭酥又放回了原处。

它们代表着鸭子们的尊严。

芳州说——

这不是关于孩子的书，而是关于一个做母亲的书。

小齐说——

做父亲的比我厉害得多！那哥们儿没我会写而已！

芳州说——

我并不关心他做父亲多厉害多成功，或者你做母亲
多厉害多成功。
我关心的是，确实存在这样的母亲，可以保持健康
自我，记录下天真的情趣。

小齐说——

芳州，这世界上什么样的妇女都有的！也有像你这
样的！

芳州说——

哈哈哈哈！

时间的形状

1

孩子愿意自己的童年被记录下来吗？

恐怕未必吧。

有时候我在想，现代社会，一个人的成长已经可以做到数字化全息记录了，真是一件骇人的事！不讨论隐私，只讨论记录本身。

从前的皇帝，住在宫里，有专人专职写起居注。某年某月某日，吃喝拉撒睡，生活细节清清楚楚、明明白白地记录在纸。——皇帝会因此而幸福吗？

上个世纪，以及再往前数的很多个世纪，童年是各种模模糊糊的印象叠加，是乱石铺街的记忆片段。就像毕加索的油画，颠三倒四，错乱混杂。就像荣格的梦境，似真似幻，充满隐喻。

即便现在，一个成年人想要清晰追溯童年，似乎仍有困难。要借助现代心理学，要借助几近巫术的催眠术，要经过层层的情境暗示，依循蛛丝马迹的线索，才能进入大脑皮层深处找回一些往事痕迹。

一旦跃入崭新的新世代，庞大数据使得童年不再隐秘，每个人从出生到成长的每一步都清晰、确凿，长大之后可以无限回看，随时可以摁下快进、暂停和后退。这在人类历史上可从来没过。

楚门的世界里，楚门愿意吗？楚门开心吗？

或许未来人类都是楚门。

2

但是无论如何，记下来了。

一个字一个字摁进手机里都已展示过了。

给四岁张又又描述"感动"，就是"心里动了一下"。这些叽呱作响的孩子话，让妈妈心里动了很多很多下，也让爸爸心里动了很多很多下。所有的惊讶和新奇都震得"怦怦"地响——当然，"怦怦"的是我俩——不是他俩。

小孩子用不着感动和被感动。

成长原本就是理所当然的事。

他俩只自顾自地长，像苹果一样长，像青瓜一样长，该怎么长就怎么长，爱怎么长怎么长。成长自有内在节奏和内在逻辑，从不用来讨好和感动。

3

记录下来的是幸福和满足。

在那时光的幽暗之处，在一个看不见的地方，没有记录下来的是疼痛、劳乏、沮丧、焦躁和……

孤独。而这些，我也绝不打算涂抹删净或忘却。

疼痛。

生产的疼痛就不用说了，想死。人类是哺乳动物。喂奶，是疼的。而我身体不争气，动不动就堵奶，一堵奶就死去活来。

劳乏。

身体虚弱，虚弱到只想躺着，做什么都没力气，是真的没力气。人没有力气的时候，心里也是虚的，脑子里也是空的，因为很恐慌，没有任何经验，以为这种状况就这样会一直持续下去、横亘在人生里，永远不会恢复。

沮丧。

有段时间，我觉得自己被困住了，好像一张无形的网捆住了手和脚，不太能动弹又挣不脱。很长一段时间，不理解也不被理解，觉得自己只会喂奶、喂奶、喂奶，像一只蠢笨无能的动物。

焦躁。

夜间哄睡，最焦躁的时刻。因为，双双小时候根本就不睡，一哄三四个小时他就是不睡！一丁点响动他就醒，一醒就是狂轰滥炸。

有一阵双双长牙，不光吃奶，还试图吃肉。美德乐泵出来的奶慢慢变成粉红色——只觉得惊讶，研究了好一会儿才发现原来是自己的血！——咬的！

我说："NO!"
而一岁的他听不懂。

说"NO!"是大声抵抗。
抵抗什么呢？——吃奶可以，但你不可以吃我。

"你不是又又妈，你一直是陈小齐。"芳州说得太对了！
生完孩子的女人一直努力保持着哺乳期的姿

势，让孩子能吃到奶的同时，不要被孩子整个儿给"吃掉"。

双双知道自己是"妈妈生的"，好长一段时间，他都以为自己是"爸爸孵的"。确实，"爸爸孵的"。每个不眠的夜，肩上扛着不肯睡觉的小动物走来走去、走来走去、不能停，更不能放下——给双双当爸爸的工作量跟企鹅爸爸孵蛋也差不太多。

难忘那个凌晨，孩子终于睡着了，只剩我俩，疲惫不堪，困意甚浓，但翻来覆去怎么都睡不着。不能开灯，不能看书，不能大声说话，也不能做点别的，只能躺在黑漆漆的床上，夫妇轮流小声接句，反复背诵《赤壁赋》以舒缓神经，如此苦中行乐，渐至"相与枕藉乎舟中，不知东方之既白"。几近崩溃的夜晚，一定要写一笔，就写在这篇后记里，以志不忘。

处处掣肘，时时受限，手机就是记录生活的快捷方式。并没有专门写给谁看，一不留神就写了这么多，随手写，由短而长，越写越多。从"颈鹿、烈鸟、拉机、不起"开始的寥寥数字，到十几个字、几十个字，到动辄千字，满眼全是"咕噜咕噜""叽叽呱呱""吱哇吱哇"的声音，热闹得很。自从有了孩子，外面的世界变得遥远又模糊，就像高度近视眼一样只能盯着近处看。正因为这种局限，之前被忽略的细节才会呈现出来，清晰放大再放大，像艺术品般的美。重新看一遍，之前已经忘掉的一岁又又、两岁又又、三岁又又、四岁又又……一岁双双、两岁双双、三岁双双……蹦着跳着又都回来了，多有趣啊。

同行是冤家。不知道我的这个朋友兼同行算不算冤。涂涂想出版我这些字，他说是"文学"——为了防止涂二哥抵赖，我立马就把阵仗搞得很大：邀请峥嵘写了序，邀请管小米（又又和双双喊她干妈）再写了篇序，邀请另一个出版商（又又和双双喊他爸爸）写了前言。好了，不能反悔了，圆圆大饼脸的涂涂只能挠着头把我的横七和竖八变成书——写了名字的、白纸黑字赖不了账的、可以哗哗翻页的——一个从来没出过书的人写的——书。

照我的真实想法，照实记录而已，算什么"文学"呢？记录又不是创作。就好像摄像头算不上"电影"，照镜子算不上"艺术"，流水账自然也不能算"文学"。不过这种字，靠创作是创作不出来的，全凭写得快，如果没有当时立马记下来，顷刻就忘光光，再怎么"文学"也救不回来。

我的记录对别人也会有意义吗？也许吧。我的这些字应该也会让人想起小孩的这样这样，小孩的那样那样。毕竟，孩子和孩子很多地方是相像的。无论是过去的、现在的或是未来的孩子，无论是生活中的孩子还是内心的孩子。当然，那些没有太大意义的——无聊的、发呆的、没有逻辑的、无厘头的，也被如实记录下来了，一并罗列在书中滥竽充数。但是，我总觉得，那些无意义的，应该也有它们的意义，只是我还没想到而已。

或许能安抚疼痛吧。

或许能熨掉疲劳吧。

或许能填补闭塞吧。

或许能隐约传来回声吧。

时间流淌，生活奔涌向前——而此刻，一条看不见的河我已蹚过。不知何时，疼痛得到了慰藉，疲劳已被熨平，闭塞之中竟然阡陌交通、自成气象。

山谷发出声响，松风会回应；水面投下石头，湖水会回应；空气里写下天真，天真自会以天真来回应。

这些字一旦被写下来，就有了魔法——

"无可奈何"变成了"其奈我何"。

4

人不一定非得生孩子。生孩子也并不自动获得美德。一个原本就怕疼的人不会因此而不怕疼。

生孩子无关高级，无关高尚，无关高贵。

在我们湖南方言里，孩子用来"讨债"或"完（还）债"。父母子女，也讲究一个因果。种瓜得豆，种因得果，清清楚楚看得见。

"父母之爱子，则为之计深远。"而我的小又宝和小双宝，却从没被摁过计算器——无论是钱，还是分数，或是智商，以及颜值、萌值、爱心值等一般等价物，通通都没有被"计之深远"。父母之爱子，各有各的爱法，像我们这样缺乏智慧，无"计"可施的爱法，这世上恐怕也是有的。

生孩子，于我，是选择题。"天地之大德曰生"，于是"生"。"生生之谓易"，于是生了又生，生"两个"算容易。

养孩子，没得选，全是证明题，一步一步往下推。Step1, step2, step3, step4……饿了就得喂，喂了要拍嗝，拉了马上换，每天得哄睡……机械，程式化，没有快捷方式，没有替代解法——最优解就是老老实实，一步一步解。以及，以上所有步骤都不能跳过去。

养孩子，真须老老实实啊。

5

陶渊明《责子》，李义山《骄儿》，看似南辕北辙，实则异曲同工。

"小时不识月，呼作白玉盘"，这说明李白曾是儿童。"最喜小儿无赖，溪头卧剥莲蓬"，卧剥莲蓬的也曾是儿童。《我的前半生》里小皇帝只三四岁，就直接跳过儿童阶段，被要求去当一个（极大的）大人——宣统帝没有当过儿童。

当过儿童的人是幸福的。

没当过儿童的人不幸福。

从前我对小孩没有概念。似乎看过的书里写到的小孩，最好玩的要数丰子恺家的阿宝。《阿宝两只脚，凳子四只脚》，这样地活泼，竟是画《护生画集》的同一个人画的。

从没想过，自己的家里也能像文人笔下这般鲜活有趣、好玩、好好玩。当家里有了一个孩子两个孩子，岂止"两只脚，四只脚"，就连"六只脚""八只脚""十六只脚"，哪怕"一百二十只脚"都能给你演出来，比那书里写的、那画上画的还带劲，比一切好玩的都再好玩一百倍。

人世间最极致的浪漫除了星辰大海，也可以是日常生活。

6

我不是教育者，不懂什么"一棵树撼动另一棵树，一片云推动另一片云，一个灵魂唤醒另一个灵魂"。我总觉得树与树之间是独立的，云和云之间是独立的，灵魂和灵魂之间嘛，爱睡觉的去睡觉，爱醒着的自醒着，也是独立的。我并不相信一棵树能真正撼动另一棵树，一片云能真正推动另一片云，一个灵魂能真正唤醒另一个灵魂。至少在自然界是没有的，不过是恰好被同一阵风吹过而已。

所以，恳请读到本书的诸君，不要把《又又和双双》当作什么教育书。就我自己家两个孩子的"经验"来看，一个小孩的成长过程并不能复制粘贴给另一个小孩当"范例"。养小孩根本就没什么完美。父母子女，只可以种下一个叫作"缘分"的东西。

又又和双双，像世上的每一个小孩，做错很多，说错很多，闹过很多的笑话。没关系的，这些都没有关系，让人发笑也没什么的，天不会塌下来。

如果能乘坐时光机，我不想回去"纠正"我的错误（哪怕错得肉眼可见），也不想"弥补"缺憾（包括磕掉门牙和缝针那次）。又又小时候歪歪扭扭地写字，很好，在我眼里，比规规整整、横平竖直、一笔一划都来得好。他的歪歪扭扭是可爱的，胜过横平竖直。又又小时候说"钩鱼"，我爱他那个"钩鱼"远胜于"钓鱼"。我自己就是一个笨拙的、马虎潦草的、不太有经验的妈妈，并且理直气壮地去当那个笨拙的、马虎潦草的、不太有经验的妈妈。我的小孩并不需要"完美妈妈"，白送都不要，妈妈一旦完美了，他俩会吓得想逃走。

不，干脆连"乘坐时光机"这件事都一并拒绝掉。我不要偷窥、改变或决策孩子的过去，也不要偷窥、改变或决策孩子的未来。是的，这需要勇气，来战胜自己的好奇心和虚荣心。但关于孩子的未来，父母的期望还是不要太具体为好。我常常觉得，对孩子寄予太过具体的期望，是一种人性的不道德。

每个人都有权利度过无法预测的一生。

这样的人生才值得一过。

7

想想看，木头小人匹诺曹经历了千辛万苦，只为成为一个"真正的小男孩"。而我，是多么的运气好，没有被马戏团骗，没有被鲨鱼吃，只是身体疼了一下，再疼了一下——总共疼了两下就换到了两个"真正的小男孩"。

巨大的疼是值得的。因为，货真价实。儿童的身体里并没有住着一个大人，或者假装住着一个大人。两个小男孩用儿童的方式走路，用儿童的方式说话，用儿童的大脑思考，用儿童的方式打闹、玩耍、发脾气、吹牛和哈哈笑。这些都毫不费力，统统不需要教育。

我害怕"教育"这个词。这个词就好像自动包含着一个居高临下的"训"字。一旦说出来，马上看见有个人板着脸在讲道理——虽然他讲的也不无道理——但我只想赶快逃走。

太用力的教育本质上是自恋。孩子不是工具，不是道具，不是模具，不是教具，不是学习用具，不是塑料玩具，不用来定义成功，不用来胜过他人，不用来拯救家庭，不用来拯救世界，更不能用来证明某种高级的、正确的、先进的教育理念。总之孩子就是孩子就是孩子就是孩子而不是其他。一个孩子被生下来只有一个正当用途——当小孩。

全世界的活物里，大概只有我们人类需要搞教育。小鸟学飞，小鹿学走，鹰击长空，鱼翔浅底，狼天生会找兔子吃，兔子天生撒腿会跑，基因里原已写就，一模一样照搬就好了。只有我们人类，连最基本的攀爬上树都已忘光。到底是进化，还是退化？

年少时读《世说新语》，"何物老妪，生此宁馨儿"，没头没脑的一句，异常突兀，当时看不懂。

如今懂了。

面对儿童的勃勃生机，万物皆为枯朽。
以枯朽去教勃勃生机，不啻缘木求鱼。

8

要说对孩子我有什么实际的期待，那就是——好好生活。"好"的生活，并不一定要"有道理"，但一定是饱满的、有质感的、不空洞的、生动的、充满细节的。

人，归根到底是一种追寻意义的生物。现代社会（尤其网络时代）常把生活的意义指向虚无，人们恨不能四蹄腾空住进手机里。可是手机里的人其实是无根之木，看着花团锦簇、枝繁叶茂，似乎什么都有，但其实你什么都抓不住，只能漂浮在表面，虚幻如镜中花，如水中月。

"生活是世上最稀罕之物。大多数人只是存在，仅此而已。"（To live is the rarest thing in the world.

Most people exist, that is all.）我相信手机里并不缺乏真情实感。但那只是生活的倒影，并非生活的本来面目。

人应该去享受那世上最稀罕之物，就像享受真实的阳光、真实的空气和真实的雨水那样，去享受真实的生活。哪怕灰头土脸的时刻，哪怕狼狈不堪的时刻，哪怕龇牙咧嘴的时刻……皆是珍贵稀罕的。生活从来都不轻松。我便爱这不轻松的生活。这热闹的、冒着烟火气的、鸡零狗碎的世俗生活。这是属于我的生活碎片，每一片都映耀着真实，多么动人。

只有这些真实的存在，这些实实在在的发生，才是扎根地基深处最有力的抓手。人需要这些结实、牢靠、有力的东西来把自己牢牢固定住，就像树需要被自己强大的根系牢牢固定住，以此来克服现代的虚无感、漂浮感和无力感。如果没有这些抓手，我们人类和一堆幻想又有什么区别呢？

不虚妄——这是孩子送给父母的礼物。

这份礼物，通常只是被收下，胡乱一塞，并没有好好看价签。看一下价签吧，或许你会吓一跳。

9

一个人最重要的影响力，首先在自己家里。在这颗小小的"家庭"星球上，你的喜怒哀乐与星球上的其他人紧密相通。世上乐趣很多。唯有来自家庭的乐趣，是普通人最触手可及的乐趣——人人有份、不假外求。

你我他都曾是儿童。童年跟少年、青年、中年、老年和晚年一样，都只是一个阶段。童年若被囿于"必须"里，未免也太可惜，每个人都有权利去活得新鲜辽阔，不被他人经验束缚，也不去束缚他人。儿童的快乐是没法俭省下来放到后面的人生中去兑现的——省到最后，那些省下来的快乐，一过期就全都馊掉。

儿童自有儿童的权利，但儿童并非全部。并不是人人都得围着儿童团团转。

在我们这个家里，每一个家庭成员都很重要，每个人都理直气壮地发过脾气，心与心的形状并没有因发脾气而损坏掉。

"孔融让梨"是书上的事。实际上呢，我们家是"大的说了算""大的吃大的，小的吃小的""大的喝多多，小的喝少少"，这样才公平又合理。

当然，小的跳出来充大："我就是大的"，能忍住不去嘲笑他，就更合理。

10

很多人关心，又又和双双现在什么样了？书中的其他的人呢？

嗯嗯，就在我写这个后记的时候，他俩又各自长大了一点点。那个喊着"作业，太不够我写了"的又又，曾经的写作业大王，已经不怎么爱写作业了。双双呢，最近两颗大门牙被老鼠偷走了，笑起来很滑稽，但还是很爱笑。

又又最爱的威妮，离开幼儿园后就再也没见过。

"长大才不要跟又又结婚"的乖淘念六年级，快要跟妈妈一样高。那个"暗恋"又又的刘老师，还有"把又又的学费藏到枕头底下"的李园长，还有干妈管小米，以及爸爸和妈妈，这些大人也还是大人，并没有变小或长得更高更大。

我相信世上确有天才或神童的存在，但我家里没有，也不追求有。又又和双双不是天才，也不是神童，他俩智力普通，看上去跟同龄小孩没什么不同——生活中的熟人想必也都会认同这一点。

又又和双双是属于这个家庭的孩子，每天出门把家里垃圾带出去扔掉。他俩是附近小学的孩子，学校里有很多老师，还有很多别的小孩，又又和双双每天就背着书包去那儿继续当小孩。他俩是本地的孩子，窗外会有小孩扯着嗓子喊他俩下去玩"又又——"，"双双——"，或"又又双双——"，有时还会不辞辛苦爬楼"咚咚咚"敲门。

喜欢又又和双双的人很多，但很大程度上是因为恰好认识他们而已，或是恰好认识他们的爸爸妈妈而已。又又和双双对所有认识他们的人来说很重要，比任何一个天才或神童都重要。

我们并非生活在真空中，生活也并非空中楼阁。一家人的穿衣吃饭，赚钱花钱，作业考试，念书升学，统统被放在一个叫作"社会"的盒子里进行压力测试。但是呢，爸爸和妈妈从没有试图伸长胳膊去帮助孩子消除或赶走盒子里那些恼人的部分。所以，张又又会愁眉苦脸地去找他的语文老师报告："刘老师，我的想象力很低，我想了很长时间，什么（作文）都想不出来。"所以，刚念一年级的张双双，要假装自己的数学水平已经达到三年级了，每天狐假虎威地去上学，全靠哥哥教的那些颠三倒四的二手知识来给自己壮胆。

又又幼儿园老师叫刘老师，到了小学，还是刘老师（另一个刘老师）。双双呢，幼儿园老师叫马老师，到了小学，新的老师也还叫马老师（另一个马老师）。这就看起来有点奇怪了。不过呢，任何离奇的事，他们都不会觉得不可思议；相反，任何普通寻常的事，他们都能找到新鲜有趣的地方。因此，无论在家还是上学，又又和双双总能找到一些自娱

致谢

感谢涂涂，他认为这些字有出版价值。
希望我的书给他带来财富而不是负担。

图书在版编目（CIP）数据

又又和双双 / 陈小齐著 . -- 北京 : 北京联合出版
公司 , 2022.5
　ISBN 978-7-5596-5946-0

　Ⅰ . ①又… Ⅱ . ①陈… Ⅲ . ①散文－中国－当代
Ⅳ . ① I267

　中国版本图书馆 CIP 数据核字（2022）第 024372 号

又又和双双

作　者：陈小齐	责任编辑：龚　将
手写字：又又双双	责任印制：耿云龙
插　图：又又双双	特约编辑：武　霖
出品人：赵红仕	营销编辑：屈聪 杜彦
策　划：乐府文化	Design by 别境Lab

北京联合出版公司出版
（北京市西城区德外大街 83 号楼 9 层　100088）
北京联合天畅文化传播公司发行
北京美图印务有限公司印刷　新华书店经销
字数 342 千　710mm×1000mm　1/32　23.5 印张
2022 年 5 月第 1 版　2022 年 5 月第 1 次印刷
ISBN 978-7-5596-5946-0
定价：68.00 元

版权所有，侵权必究
未经许可，不得以任何方式复制或抄袭本书部分或全部内容
本书若有质量问题，请与本公司图书销售中心联系调换。电话：（010）64258472-800